KB072904

# 전능의 팔찌

THE OMNIPOTENT
BRACELET

김현석 현대 판타지 소설
FUSION FANTASTIC STORY

# 전능의 팔찌 48

김현석 현대 판타지 소설

초판 1쇄 찍은 날 § 2015년 4월 28일
초판 1쇄 펴낸 날 § 2015년 5월 4일

지은이 § 김현석
펴낸이 § 서경석

편집책임 § 박은정

펴낸곳 § 도서출판 청어람
등록번호 § 제387-1999-000006호
등록일자 § 1999. 5. 31
어람번호 § 제1-2113호

주소 § 경기도 부천시 원미구 부일로 483번길 40 서경B/D 3F (우) 420-822
전화 § 032-656-4452 팩스 § 032-656-4453
http://www.chungeoram.com
E-mail § E-mail § chungeorambook@daum.net



ISBN 979-11-04-90216-1 04810
ISBN 978-89-251-2596-1 (세트)

# 전능의 팔찌

THE OMNIPOTENT BRACELET

48

FUSION FANTASTIC STORY

김현석 현대 판타지 소설

청어람

# CONTENTS


Chapter 01 어쭈! 왜 대답을 안 해? 7

Chapter 02 리치들과의 혈전 31

Chapter 03 당신은 누구십니까? 57

Chapter 04 이 아이를 맡기네 81

Chapter 05 전능의 팔찌 105

Chapter 06 전가의 보도 기억상실 127

Chapter 07 이실리프 단지 151

Chapter 08 무지한 자의 신념 175

Chapter 09 피터의 걸작 금고 199

Chapter 10 이실리프 자선재단 223

Chapter 11 국적을 버리세요 247

Chapter 12 쉐리엔 얼마나 있지? 271

Chapter 13 라수스 협곡에서 295

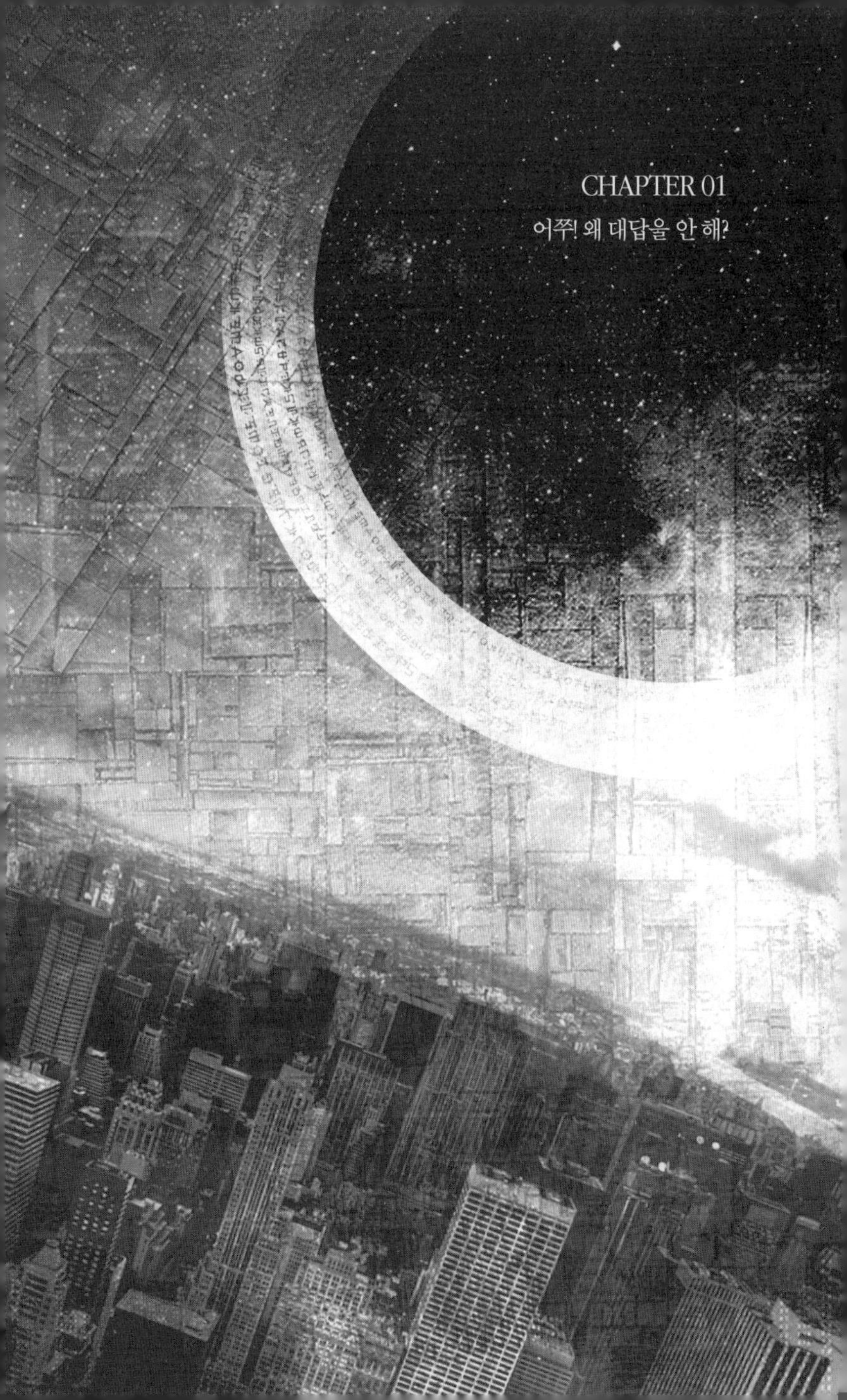

# CHAPTER 01

## 어쭈! 왜 대답을 안 해?

"자네는 누구냐고 물었다."

황태자는 대답을 재촉했다. 그런데 뭐라 말한단 말인가?

다프네를 구하기 위해 아르센 대륙에서 온 이실리프 왕국의 국왕이자 백마법의 총수인 이실리프 마탑의 마탑주라 말할 수는 없다.

대체 무어라 말해야 하나 생각하는 순간 이미 포위망이 구축되었다.

전면에만 9서클 마법사가 20여 명이다.

오늘 작위식엔 모든 공작과 후작들이 참여했다.

현수를 제외한 공작이 80명이고 후작은 158명이다. 전원이 자리에 있다.

이뿐만이 아니다.

은퇴한 공작도 다수 참석해 있다.

모두 제국 원로원 의원들이다. 은퇴 공작이 되면 자동으로 원로원에 가입되며 오늘처럼 중요한 행사가 있거나 제국이 위기에 처하면 수도로 집결하도록 되어 있다.

물론 오늘내일할 정도로 위중한 경우는 예외이다.

어쨌거나 이곳 어전에 집결해 있는 9서클 마스터의 숫자는 정확히 136명이다. 후작이지만 9서클 마스터에 이른 이가 다수 있기 때문이다. 8서클은 약 300명이다.

"어서 말하라! 너는 핫산 브리프 본인이 아니지?"

핫산 브리프 본인의 시신이 발견되었다니 눈앞의 인물은 누군가 신분을 위장한 것이다.

황태자는 자신의 관심을 한 몸에 받은 자가 거수자라는 사실이 믿기지 않았다. 곧 사람 보는 눈이 없다는 소문이 날 것이다. 하여 분노가 솟아오르고 있다.

현수는 필사적으로 위기를 탈출할 방법을 모색했다.

9서클 마스터와의 대결에서 확실히 이길 수 있는 숫자는 22명이다. 켈레모라니의 비늘이 있기에 압도적인 마나량의 차이가 있기 때문이다.

그런데 지금은 무려 136명이 주변에 있다.

여섯 배나 많은 인원이다. 30명과의 심상 대결에서도 승산이 없었다. 그런데 어찌 감당하겠는가!

"다프네, 얼른 뒤로 물러가."

"어림도 없지. 안티 매직필드!"

누군가 현수의 마나를 차단했다.

그리고 자신보다 저서클 마법사들은 마법을 쓸 수 없도록 마나 동결 마법을 구현시킨다.

"으읏!"

현수는 시간을 벌려는 목적으로 일부러 휘청거렸다. 안티 매직필드의 영향을 받는 것처럼 한 것이다.

"말하라! 자넨 누군가? 왜 정정당당하지 못하고 핫산 브리프의 신분을 빌려 썼는가?"

현수는 뒤쪽의 에단 듀크 후작을 보았다.

'에이, 쓰벌! 괜히 살려둬서.'

대결에서 이겼을 때 조금 더 아공간에 담아뒀으면 시체가 되었을 놈이다. 근데 승패에만 관심 있는 척하느라 죽기 전에 꺼내놓았더니 발목을 잡는다.

"어허! 어서 말하지 않겠는가?"

"……!"

"자네 능력이라면 굳이 신분을 위장하지 않아도 공작위를 받았을 텐데 왜 그랬는가?"

힐만 공작의 물음이다. 만일 현수가 반 로렌카 전선에서 파견한 거수자라면 황태자의 명예는 땅에 떨어진다.

사람 보는 눈이 없는 게 되기 때문이다.

게다가 드마인 백작은 몰락한 귀족이지만 명색이 제국의 백작이다. 그런데 그 딸과의 혼인을 선언했다.

황태자가 거수자와 귀족의 딸을 맺어준 셈이다.

"혹시 반 로렌카 전선 소속인가?"

황태자의 물음이다. 현수를 보고 물었는데 대답은 힐만 공작과 에단 듀크 후작이 동시에 한다.

"그럴 리가 없습니다. 반 로렌카 전선엔 5서클 이상의 마법사가 없습니다."

"맞습니다. 그럴 리가 없지요. 그러기엔 너무나 뛰어납니다. 안 그렇습니까?"

둘의 대답에 황태자는 다시 현수를 바라본다.

"반 로렌카 전선 소속이 아니라면 대체 자넨 누군가?"

"……!"

현수는 아직 대답할 말을 찾지 못했다.

라트보라 남작의 입을 통해 제국의 정보력이 얼마나 대단한지를 들은 바 있기 때문이다.

노예의 자식까지 전부 정보국에 등록되어 있으며, 이동했을 경우 언제, 어느 길을 통해 어디로 갔는지까지 모두 기록되도록 조직되어 있다.

그래서 핫산 브리프의 신원도 확인할 수 있었을 것이다.

정보국에 자료가 없는 인물은 전부 반 로렌카 전선 소속이다. 그들에 대한 호구조사를 할 수 없기 때문이다.

어쨌거나 어설픈 이름을 대면 20분 안에 들통 난다.

그런데 현수는 이곳에 대해 아는 바가 없어 쉽게 대답을 할 수 없다. 하여 머뭇거리는데 누군가 소리친다.

"황태자님, 대답 안 하는 걸 보면 거수자가 분명합니다! 일단 잡아서 고문을 하면……."

"어허! 방금 공작위를 받았네. 그런데 고문이라니……."

힐만 공작이 먼저 나섰다. 황태자의 체면 때문이다.

"그래도 일단 잡읍시다. 고문은 안 하더라도 심문은 할 수 있는 거 아닙니까? 그게 수사의 원칙이고."

"……!"

힐만 공작도 이 대목에선 할 말이 없는 듯 침묵한다. 그러자 누군가 다시 소리친다.

"뭐 합니까? 어서 체포합시다!"

"웹(Web)!"

누군가 거미줄 마법을 건다.

9서클 마스터가 안티 매직필드를 구현시켜 놓은 상태이니

2서클 마법으로도 충분하다 생각한 것이다.

"어라! 움직여? 홀드 퍼슨!"

"스테츄!"

이번엔 둘이 동시에 마법을 건다. 그런데 어찌 잡혀주겠는가! 현수는 다시 몸을 피했다.

"안티 매직필드!"

"안티 매직필드!"

두 명의 공작이 다시 마나 동결 마법을 건다. 곧이어 누군가의 마법이 구현된다.

"홀드 퍼슨!"

"매직 캔슬!"

현수가 마법을 취소시키자 곧바로 경악성이 터져 나온다.

"아앗! 10서클 거수자다!"

"으읏! 전원 공격!"

9서클 마스터 두 명이 구현시킨 안티 매직필드에서 마법을 썼다. 스스로 10서클 이상임을 인정하는 것이다.

그러자 모든 공작이 현수의 주위를 면밀히 둘러싼다.

"제기랄! 멀티 스터리지!"

"헉! 아앗! 큭!"

현수 주변 25m 이내에 있던 20여 명의 공작이 순식간에 아공간 속으로 빨려들어 간다.

다른 공작들은 화들짝 놀라며 물러선다. 특히 에단 듀크 후작은 아예 멀찌감치 뒤로 물러난다.

자신이 낄 자리가 아닌 때문이고, 멀티 스터리지 마법에 당한 적이 있기 때문이다.

“썬더 스톰! 파이어 랜스! 플라즈마 볼!”

현수를 향해 마법이 난사되기 시작한다. 그와 동시에 전능의 팔찌에서 앱솔루트 배리어가 생성된다.

“이런! 이 간악한 놈! 실력을 감췄다니”

“룬 플레이어! 파이어 월! 스파이럴 아이스!”

또 마법이 난사된다.

티팅! 파팡! 타타탕!

앱솔루트 배리어에선 연신 소리가 난다. 전후좌우에서 쇄도하는 각양각색의 마법 때문이다.

한 가지 다행인 점은 장소가 넓지 않아 8서클이나 9서클 마법을 쓸 수 없다는 것이다. 현수는 상관없지만 상대는 자칫 동료를 해칠 수도 있기에 쉽게 쓸 수 없는 것이다.

삽시간에 이십여 번의 공격을 받은 현수는 당하고만 있을 수 없음을 깨달았다. 점점 더 공격의 빈도가 많아지고 강도가 세지기 때문이다.

상대가 방심하는 틈을 타 주변에 있던 22명을 아공간에 넣었지만 아직도 114명의 9서클 마스터가 있다.

사실 말도 안 되는 일이 일어난 것이다. 9서클 마스터는 딱지치기해서 딴 게 아니다. 그럼에도 이런 결과가 빚어진 것은 멀티 스터리지라는 마법 자체를 모르기 때문이다.

어쨌거나 막기만 하다간 결국 마나 고갈로 죽는다. 게다가 공격은 최상의 방어라는 말도 있지 않은가.

"라이트닝 퍼니쉬먼트!"

번쩍! 번쩍! 콰광! 콰콰콰광!

"으앗! 앱솔루트 배리어! 앱솔루트 배리어!

금방 열두 개의 배리어가 중첩된다. 천하의 9서클 궁극 마법이라도 이렇게 막히면 효과를 못 낸다.

포탄 중에 열화우라늄탄이라는 것이 있다.

천연 우라늄에서 원자력발전 원료인 U－235를 농축하는 과정에서 발생되는 폐기물인 U－238을 재료로 만든 것이다.

이라크전에서 미국이 사용한 이것은 2㎞ 거리에서 발사되어 T－72의 전면장갑과 후면장갑을 한 번에 뚫어버렸다.

이처럼 강력한 포탄이라 할지라도 장갑 두께가 12m쯤 된다면 별다른 효과를 내지 못한다.

공작들이 형성시킨 앱솔루트 배리어는 1m짜리 장갑을 열두 겹이나 중첩시켜 놓은 것이나 다름없다. 그렇기에 라이트닝 퍼니쉬먼트는 허공에서 산화되고 만다.

그렇다 하여 공격을 멈출 수는 없다.

"라이트닝 퍼니쉬먼트! 라이트닝 퍼니쉬먼트! 라이트닝 퍼니쉬먼트! 라이트닝 퍼니쉬먼트! 라이트닝 퍼니쉬먼트!"

제자리에 서서 방향만 바꿔가며 이십여 번의 궁극 마법을 구현시켰다.

"으앗! 앱솔루트 배리어! 앱솔루트 배리어! 앱솔루트 배리어! 앱솔루트 배리어! 앱솔루트 배리어!"

공작들이 구현시킨 배리어가 삽시간에 100개 이상으로 늘어난다. 잠시 뜸을 들인 현수는 배리어가 걷힐 즈음 다시 마법을 난사했다.

"썬더 인 클라우드! 썬더 인 클라우드! 썬더 인 클라우드! 썬더 인 클라우드! 썬더 인 클라우드!"

번쩍! 콰앙! 번쩍번쩍! 콰아앙! 번쩍!

시커먼 운무 속에 갇힌 공작들은 느닷없이 무작위로 명멸하는 번개에 화들짝 놀란다.

"으읏! 배리어! 블링크! 앱솔루트 배리어!"

각자 긴급한 상황을 해소하고자 몸을 피하거나 방어막을 구현시킨다. 이때다.

"멀티 스터리지! 멀티 스터리지!"

"헉! 크윽! 으으읏! 으앗! 헥! 이이잇! 아앗!"

갑작스런 강력한 흡인력에 의해 몇몇 공작이 현수의 아공간 속으로 빨려들어 간다.

"이런! 모두 바깥으로!"

누군가의 고함에 전원 밖으로 튀어 나간다.

좁은 곳이라 본신의 능력을 전부 발휘할 수 없었고, 뭉쳐 있어서 멀티 스터리지같이 말도 안 되는 마법에 두 번이나 당했음을 파악한 것이다.

현수도 밖으로 나갔다. 다프네 등 아무 죄 없는 여인들이 있기 때문이다.

"놈이 나타났다. 전원 공격!"

"라이트닝 퍼니쉬먼트! 헬 파이어! 라이트닝 퍼니쉬먼트! 블레이즈 템페스트! 퓨리 오브 더 헤븐!"

쏴아앙! 번쩍! 고오오! 화르르륵! 쎄에에엑! 슈우욱—!

각각의 마법이 구현되면서 파공음을 낸다.

"앱솔루트 배리어!"

현수가 방어 마법을 펼치는 순간 전능의 팔찌가 위기를 감지했는지 방어막을 펼친다. 그리고 켈레모라니의 비늘 또한 앱솔루트 배리어를 형성시킨다.

콰앙! 쿠아앙! 파파파팍! 퍼엉! 콰아앙! 퍼퍼퍼퍽—!

"퓨리 오브 더 헤븐! 헬 파이어! 헬 파이어! 헬 파이어! 파이어 랜스! 파이어 애로우! 플레어! 윈드 스톰!"

현수가 반격하자 일제히 방어막을 펼쳐 중첩시킨다.

상대가 10서클 마법사라는 걸 알게 되자 철저히 거리를 뗀

채 연합 작전으로 나오고 있다.

그러거나 말거나 현수의 공격은 끊임없이 쏟아져 나온다.

블링크나 텔레포트를 하고 싶은데 그럴 상황이 만들어지지 않아 틈을 벌려고 공격을 난사하는 것이다.

블링크는 이동 거리가 짧다. 반면 텔레포트는 장거리가 가능하다. 이런 집중 공격을 피할 때 아주 유용하다.

문제는 이것들을 구현시켰을 때 아주 잠깐이지만 무방비 상태가 된다는 것이다.

현재 9서클 마스터가 100명 넘게 있다.

0.1초라도 허점을 보이면 그 순간 끝이다. 어느 놈이 어떤 마법을 구현시켰는지도 모르고 당할 것이기 때문이다.

"빌어먹을! 라이트닝 퍼니쉬먼트!"

번쩍번쩍! 번쩍번쩍!

콰쾅! 콰콰콰쾅! 콰콰콰쾅!

쉴 새 없이 공격하다 보면 틈이 생길 것이라 생각했다. 그런데 몸은 하나고 적은 100이 넘는다. 그리고 공격할 수 있는 방향은 하나이지만, 공격당하는 방향은 셋이다.

공격을 받은 자들은 앱솔루트를 중첩시켜 마법을 무효화하고, 반대쪽에 있는 자들은 쉴 새 없이 현수를 공격한다.

저절로 반응하는 전능의 팔찌와 켈레모라니의 비늘이 있기에 탈 없이 공격을 피부을 수 있는 게 다행이다.

"헬 파이어! 라이트닝 퍼니쉬먼트! 라그나 블래스트! 라이트닝 레인! 체인 라이트닝! 파이어 레인! 익스플러전!"

고오오! 번쩍번쩍! 콰아앙! 쐐에엑! 화르르륵! 지직! 지지직! 화아아아! 퍼엉—!

"앱솔루트 배리어! 배리어! 앱솔루트 배리어!"

"파이어 랜스! 라이트닝 레인! 기가 라이트닝! 윈드 캐논! 트윈 싸이클론! 록 블래스터!"

공격받은 자들은 조직적으로 방어막을 중첩시키고, 공격하는 자들은 비교적 마나 소모량이 적은 마법으로 바꿔 난사한다. 당하는 현수의 입장에서는 미치고 환장할 노릇이다.

자신이 퍼붓는 공격은 거의 모두 무위로 돌아간다.

전능의 팔찌는 더 이상의 앱솔루트 배리어를 형성시키지 못하고 있다. 켈레모라니의 비늘 또한 계속된 방어막 구현 마법 때문에 마나량이 점차 줄어들고 있다.

본신의 마나량 또한 팍팍 줄어드는 중이다.

'으으! 이러다간 당한다.'

현수가 이런 생각을 품고 있을 때 특수첩보단 고위 단원들이 현수의 여인들에게 접근하고 있다.

"홀드 퍼슨!"

"어머낫!"

"크흐흐, 하나 잡았다."

아만다 프러페 반 도델 공주가 가장 먼저 특수첩보단원에게 제압되었다. 다음 순간 싸미라 역시 움직임을 멈춘다. 스테츄 마법에 걸린 것이다.

"으앗! 왜 이래요?"

위험을 느끼고 도주하려던 스타르라이트도 특수첩보단원에게 잡혀 발버둥 치고 있다.

"이거 놔! 이거 놓으란 말이야!"

같은 순간, 도로시 칼라 폰 발렌틴 역시 홀드퍼슨에 의해 굳어 있다.

"이잇! 이이잇!"

다프네는 자신에게도 음산한 분위기를 풍기는 녀석이 접근하는 걸 보고 있다.

"홀드 퍼……!"

여기까지 들었을 때 현수가 준 펜던트의 줄이 확 빠져나간다. 그 순간 보라색 마나석에서 환한 빛이 뿜어진다.

"아앗! 대규모 마나 유동이다! 잡아라!"

누군가의 고함 속에 환한 빛이 다프네를 감싼다.

고오오오오—!

파아앗—!

"헉! 어디 간 거야?"

"이건……? 초장거리 텔레포트야!"

"맞아! 엄청난 마나 유동이야! 좌표 확인해!"

현수가 다프네를 위해 준 펜던트엔 몇 가지 마법진이 그려져 있다.

첫째는 초장거리 텔레포트 마법진이다.

텔레포트될 장소는 아르센 대륙 중 이곳 마인트 대륙에서 가장 가까운 콘트라이다.

파이젤 백작이 다스리는 곳이니 당도만 하면 보호받을 수 있을 것이다. 아드리안 왕국에서 가장 유명한 여인이 바로 다프네이기 때문이다.

한때 실종된 다프네를 찾기 위해 사방팔방에 초상화가 걸렸다. 그렇기에 웬만하면 다프네의 얼굴을 알아본다.

지금은 초절정 미모를 가진 상태이다. 그리고 걸치고 있는 의복도 최고급이다.

명색이 공작 작위식이다. 그리고 다프네는 공작에게 주어질 상이었다. 그러니 때 빼고 광낸 다음 온갖 치장까지 한 상태이다.

온몸을 보석으로 휘감고 있다 하여도 과언이 아니다.

공작부인에 걸맞은 티아라, 목걸이, 팔찌, 반지, 귀고리, 브로치 등으로 한껏 멋을 냈는데 모두 떼어서 팔면 대략 6억 원의 가치이다.

따라서 콘트라에 당도하면 곧장 파이젤 백작에게 연락이

갈 것이다. 결코 평범하지 않기 때문이다.

어쨌거나 펜던트에 새겨진 또 하나의 마법진은 체인 라이트닝이다. 누구든 다프네를 위협하여 극심한 공포나 불안감을 느끼게 하면 이에 감응하여 구현된다.

마지막으로 이 펜던트엔 텔레포트가 일어난 후 발생되는 마나 유동을 흐트러뜨리는 컨퓨징 마법진이 그려져 있다.

마법의 조종이라 불리는 드래곤조차 어디로 텔레포트했는지를 확인할 수 없도록 하기 위한 마법으로 지난밤에 현수가 창안한 것이다.

필요에 의해 만들어진 이 마법은 이실리프 마법서에 당당하게 기록되어 있다. 7서클 마법이다. 상당히 어려운 개념이 중첩되어 있기에 의외로 높은 서클의 마법이 된 것이다.

어쨌거나 다프네를 제외한 네 여인 모두 특수첩보단에 체포된 상태이다. 현수는 밖에 있어 모르는 사실이다.

한편, 바깥의 대결은 점점 더 치열해지고 있다.

수많은 마법이 마구잡이로 난사되면서 양쪽 모두 마나가 서서히 줄어들고 있다.

황태자는 신분에 대한 변명도 하지 않고 공격하고 있는 현수를 노려보고 있다. 체면에 큰 손상을 입은 때문이다.

"힐만 공작!"

"네, 전하!"

"후작들도 투입하게."

"존명!"

"죽이진 말라고 해. 물어볼 게 있으니까."

명령이 떨어지자 그 즉시 지시하러 가던 힐만 공작의 등에 대고 황태자가 한 말이다.

"알겠습니다."

"아, 방금 전 지시는 취소! 녹신녹신할 때까지 패거나 반쯤은 죽여도 되네. 그저 숨만 붙여놓아."

"네, 알겠습니다."

잠시 후, 공작들의 뒤쪽에서 포위망을 구축한 채 현수를 노려보던 후작들이 몇 발짝씩 더 다가선다.

제국이 건국된 이후 가장 강한 거수자가 황궁에 난입해 있는 상태이다. 아마도 많은 공작이 목숨을 잃었을 것이다. 아공간에 담긴 지 벌써 30분이나 지난 때문이다.

현재 100명이 넘는 9서클 마법사가 공격을 퍼붓고 있지만 아직 제압되지 않고 있다.

만일 현수를 생포하는 공을 세운다면 승작과 동시에 이미 죽어버린 공작의 영지 중 하나를 받게 될 것이다.

그러니 후작들은 의욕이 충만한 상태이다.

"모두 공격하라!"

"와아아! 파이어 랜스! 라이트닝! 룬 플레어!"

"크흑! 앱솔루트 배리어!"

갑자기 사방에서 공격을 퍼붓는다. 그런데 숫자가 너무나 많다. 그렇다면 공격보다 방어가 우선이다.

현수는 잽싸게 앱솔루트 배리어를 펼쳐놓고 바깥 상황을 살펴보았다. 후작들까지 모두 덤벼들어 이제는 거의 400여 명에게 둘러싸였다.

그러던 중 구울과 좀비, 그리고 데스 나이트들을 보게 되었다. 누군가 소환해 놓고 대기시킨 상태이다.

"이런……!"

현수는 상대의 속셈을 읽었다.

어둠의 군단이라 할 수 있는 구울과 좀비, 그리고 데스 나이트로 공격하는 동안 포위망을 구축한 채 쉬면서 마나를 보충하겠다는 의도이다.

물론 본인은 어둠의 군단과 대결을 계속해야 하는 상황이므로 소모되는 마나를 보충시킬 방법이 없다.

"빌어먹을! 어쩐지 예감이 이상했어."

지구에서부터 느끼던 불길한 예감이다. 꼭 사고가 날 것 같아서 차원이동을 하기 전에 계열사 전부를 점검했다.

그런데 아무 일도 없었다. 그러다 어젯밤 최고의 불안감을 느꼈다. 하여 만일을 대비해 펜던트를 만든 것이다.

혹시라도 다프네에게 문제가 생기는가 싶어서 그랬는데

알고 보니 본인이 이런 위기에 처할 것이라 그렇게 불안했던 모양이다.

"모두 후퇴! 데스 나이트 진격!"

"리치들도 진격!"

"……!"

네크로맨서 계열은 죽음에 저항하기 위해 스스로 리치가 되길 선택한다. 최소 9서클이 조건이다.

길 안내를 맡은 카트린느를 억류했던 '아무리안 델로 폰 타지로칸'이 그중 하나였다. 참고로 아무리안 델로 폰 타지로칸은 켈레모라니의 가디언이었다.

현수는 다가서는 리치와 데스 나이트들을 보았다. 리치는 아홉뿐이지만 데스 나이트는 300이 넘는다.

정복전쟁 당시 죽은 기사들로 만든 데스 나이트들이다.

"끄으응! 아공간 오픈!"

나직이 침음을 토한 현수는 아공간을 열어 데이오의 징벌을 꺼내 들었다.

물러선 공작과 후작들은 현수의 손에 들린 검에 시선을 주고 있다. 한눈에 보기에도 범상치 않은 기운이 흘러나오고 있기 때문이다.

"뭐야? 마법사가 웬 검을 들어? 자네, 마검사인가?"

힐만 공작의 물음이다. 하나 현수는 대꾸하지 않았다. 어느새 지척까지 다가온 데스 나이트들 때문이다.

죽은 자이기에 아공간에 담으면 안 된다.

그곳을 난장판을 만들어놓을 것이고, 바깥으로 꺼내는 즉시 공격을 가할 것이기 때문이다.

쉽게 설명하자면 호흡이 필요 없는 로봇이 공격 명령을 받은 것과 같다. 따라서 아공간이고 어디고 간에 현수만 보이면 달려들 것이다.

지잉, 지이이이잉—!

데이오의 징벌로부터 20m짜리 검강이 뿜어지자 마법사들 전부가 놀란 표정이다. 10서클이라는 것만으로도 대단한데 그랜드 마스터라는 걸 알게 된 때문이다.

"그, 그랜드 마스터?"

"세상에 맙소사! 그랜드 마스터라니!"

"그럼 10서클 대마법사에 그랜드 마스터까지 겸한 거야?"

누군가 경악성을 토하자 다른 누군가가 말을 보탠다.

"수도로 온 10서클 마법사는 보우 마스터이기도 하다고 했어. 그걸 추가해야 해."

"그게 말인 돼? 인간이 어찌……! 드래곤인가?"

"아니. 드래곤은 확실히 아냐. 그런 기운이 전혀 안 느껴져. 근데 이상해. 저자의 가슴에 두 개의 기운이 뭉쳐 있어."

전투하느라 억제하던 것을 풀어놓으니 단번에 알아차린

모양이다.

“허어! 그러고 보니… 저건 뭐지? 하트가 두 개야?”

“말도 안 돼. 그런 인간이 어디에 있어? 키메라도 심장이 두 개인 것은 모조리 실패했잖아.”

로렌카 제국의 황제는 아무리 애를 써도 10서클에 오르지 못했다. 혹시 마나가 부족한가 싶어 휘하 마법사들에게 명령을 내렸다.

심장이 두 개인 키메라를 만들어내라는 것이다.

그게 만들어지면 다른 사람의 심장을 이식한 마법사로 하여금 마법을 익히게 해볼 생각이었다.

그렇게 하여 안정적으로 두 개의 심장을 갖게 되면 본인 또한 이식 수술을 받을 예정이었다.

하지만 그 수술은 집행되지 못했다.

지엄한 황제의 명에 따라 무려 72만 8,000명의 목숨을 소모해 가며 이식 수술을 실시했지만 단 한 건도 성공하지 못한 때문이다.

결국 두 개의 심장을 갖는 것은 불가능한 영역으로 체크되었다. 하여 현재는 심장 이식에 관한 연구를 중단했다.

어쨌거나 데이오의 징벌에 마나를 불어넣어 검강을 생성시킨 현수는 다가서는 데스 나이트들의 허리를 쓸어갔다.

“야아압!”

쉐에에에에엑―!

파팟! 파파파팟! 파파파파팟!

데이오의 징벌이 데스 나이트들을 스쳤다. 그러자 묘한 소리와 함께 마치 검은 안개가 스러지듯 흐트러진다.

"키이! 코오! 케에! 커흐! 아흐!"

데스 나이트의 무력은 생전의 능력에 따라 다르다.

위력은 한 등급 정도 줄어들지만 웬만해선 소멸되거나 부상당하지 않아 상대하기가 몹시 까다로운 존재이다.

현수를 에워싼 데스 나이트 중 절반가량은 생전에 소드 마스터였다. 그러니 그랜드 마스터인 현수를 당해낼 수 없어 순식간에 소멸당한 것이다.

이는 데이오의 징벌이 가진 특수함이 부가된 때문이다.

대지의 여신 가이아의 짝인 '전쟁의 신' 데이오는 어둠의 무리와는 상극인 관계이다.

아르센 대륙에선 툭하면 벌어지는 것이 전쟁이다.

국가와 국가의 전쟁이 있고, 같은 나라 안에서 벌어지는 영지전 등이 있다. 당연히 출전 전에 '전쟁의 신' 에게 기도를 하거나 염원을 전달하는 번제를 지내는 것이 마땅하다.

그럼에도 데이오는 잊힌 신이 되었다.

그 이유는 단순한 전쟁이 아니라 빛과 어둠 사이의 전쟁을 관장하는 신이기 때문이다.

# CHAPTER 02

## 리치들과의 혈전

아르센 대륙엔 어둠의 세력이라 할 수 있는 곳이 있다면 브론테 왕국 하나뿐이다. 그런데 최근엔 잠잠했기에 데이오는 사람들의 입에 오르내리지 못하는 신이 되었다.

어쨌거나 데이오의 징벌엔 척사(斥邪)의 기운이 부여되어 있다. 그렇기에 단순히 베이기만 했음에도 데스 나이트들이 맥없이 소멸당한 것이다.

흑마법사들도 어둠의 일부로 간주되기에 데이오의 징벌에 의해 상처를 입으면 영혼마저 소멸당한다.

문제는 현수도 이러한 사실을 모르고 있다는 것이다. 뿐만 아니라 로렌카 제국의 흑마법사들도 아직 모른다.

이곳에선 전쟁의 신 '데이오'의 존재 자체를 모르고, 현수는 그런 기능이 있을 것이란 추측도 못하기 때문이다.

"데스 나이트, 전원 후퇴!"

누군가의 명이 떨어지자 겁 없이 전진하던 데스 나이트들이 잠시 머뭇거리더니 일제히 물러난다.

생전엔 기사였다. 당연히 명예를 중시하였다.

따라서 임전무퇴가 당연한 일이다. 그런데 후퇴하라니 잠시 멈칫거린 것이다. 가해진 영혼의 금제가 생전 기사였을 때의 자부심보다 더 크고 강한 때문이다.

차라리 명령을 듣지 않고 직진했다면 영원한 안식을 얻었을 것이니 안타까운 일이다.

어쨌거나 공격에 가담시켜 봐야 20m짜리 검강에 의해 가까이 다가가 보지도 못하고 소멸당할 것을 알고 즉각 뒤로 뺀 것이다.

"이제 원로 리치들께서 전진해 주십시오!"

"헬헬헬! 그렇게 부르지 말라고 했거늘! 이놈아, 나도 예전엔 공작이었다!"

"헐헐, 그러게. 힐만 저놈, 많이 키워줬어."

"맞아. 요즘 애들은 어른에 대한 존경심이 없어. 겁도 없고. 한 번만 더 리치라고 부르면 입을 찢어놓을 것이다."

"형님, 예전이나 지금이나 애들은 싸가지가 없잖아요. 힐만 저놈도 나이를 꽤 먹었을 텐데 아직 애인가 봐요."

명령권자의 명이 떨어졌으니 전진을 하지만 존장에 대한 예의가 없는 힐만 공작은 마구 씹혔다.

"죄송합니다, 요하난 님, 야네즈 님, 조해넌 님, 야니스 님. 그리오 이오안 님. 앞으로 주의하겠습니다."

전투 중이지만 괴팍하고 잔인한 선배 리치들의 뒤끝이 두렵기에 힐만 공작은 얼른 납작 엎드린다.

"어쨌거나 이 애송이만 잡으면 되는 건가?"

"네, 죽이지만 않으시면 됩니다."

"헬헬! 맡기기만 하라고. 아주 녹신녹신하게 패줄게."

"크크! 거럼, 거럼. 오랜만에 힘 좀 씁시다."

리치들은 현수를 완벽하게 포위한 채 점점 거리를 좁혀온다. 이놈들은 베어도 베어도 달려들 것이다. 뼈가 가루가 되도록 공격을 당해도 일정 시간이 지나면 리스폰[1]된다.

라이프 베슬을 깨뜨리지 않는 한 영원히 지속되니 9서클 마법사 100명의 전력과 다를 바 없다.

"끄응!"

현수는 나직한 침음을 냈다. 포위하고 있는 100여 명의 9서클 마법사만으로도 벅차다. 여기에 추가로 300명의 8서클 마

---

1) 리스폰(Respawn) : 게임에서 유저의 캐릭터, 혹은 몬스터 등이 죽은 이후 정해진 장소에 재배치되는 것.

법사가 호시탐탐 승작의 기회만 노리고 있다.

그런데 베어도 베어도 되살아나는 리치들이 썩은 내를 풍기며 다가온다. 어찌 마음이 편하겠는가!

'빌어먹을. 너무 많고 너무 강하잖아. 끄응! 시간을 벌어 틈을 내야 텔레포트를 하든 차원이동을 하는데 그럴 시간을 안 주는군.'

현수는 다가오는 리치들을 보다 문득 뒤쪽의 마법사들을 보게 되었다. 거의 절반이 황태자 주변에 뭉쳐 있다.

혹시 있을지 모를 위험으로부터 보호하려는 의도일 것이다. 물론 그럴 경우 제 한 몸 던져 공을 세우고 싶은 마음이 더 클 것이다.

"미티어 스트라이크!"

현수는 투덜거리듯 나직이 입술을 달싹였다. 그러자 막대한 양의 마나가 하늘로 쏘아져 간다.

고오오오오오—!

잠시 후, 주먹보다 큰 운석들이 놈들의 머리 위로부터 쏟아져 내린다. 까마득한 하늘로부터 직선으로 선을 그리며 다가오는데 중력가속도가 붙어 점점 빨라지고 있다.

쐐에엑! 슈아앙! 쐐에에에에에엑!

속도가 빠를수록 더 강력한 에너지를 갖게 된다.

직선운동의 운동에너지 $E_k = \frac{1}{2}mv^2$ 이다.

어쨌거나 운석은 엄청난 속도로 쏟아져 내린다.

그런데 '그 빠른 속도의 제곱에 비례' 하니 운석이 가진 운동에너지[Kinetic Energy]의 총량은 실로 어마어마하다 할 수 있다.

"아앗! 미티어 스트라이크다! 앱솔루트 배리어!"

"허억! 앱솔루트 배리어!"

"으읏! 앱솔루트 배리어! 앱솔루트 배리어!"

삽시간에 30여 개의 배리어가 허공에 생성된다.

쐐에엑! 콰앙! 슈아앙! 콰콰쾅! 쐐에엑! 콰아앙!

"컥! 크윽! 캑! 허억! 헤엑! 으윽! 이이잇!"

배리어와 운석이 부딪치면서 엄청난 격돌음이 터져 나온다. 가진 에너지의 총량이 워낙 크니 당연한 일이다.

수십 겹의 배리어가 없었다면 전멸했을 가공할 공격이다.

그럼에도 내장이 진탕하는 정도만 느꼈을 뿐 부상자조차 없다. 9서클 마스터들의 연합된 방어이기에 미티어 스트라이크도 타격을 주지 못한 것이다.

"빌어먹을!"

회심의 한 수가 허사로 돌아가자 현수는 나직이 투덜거렸다. 이때 슬그머니 다가서던 리치 하나가 말한다.

"꼬마야, 그래 봤자 아무 소용없단다. 그래도 저 애들이 명색이 9서클 마스터이다. 미티어 스트라이크를 수십 번 날려도 끄떡없을 거야."

"크흐흐! 그건 그렇지. 그나저나 우릴 무시하는 거냐?"

"맞아. 우릴 놔두고 저 핏덩이들을 공격한 건 리치 따윈 위협이 안 된다는 거지? 좋아, 이제부터 우리가 얼마나 무서운 존재인지 똑똑히 가르쳐 주지."

"크흐흐! 그래, 그래. 기대하는 게 좋을 거야. 크흐흐!"

음산한 기운이 사방으로부터 엄습한다. 현수는 이제 곧 엄청난 전투가 시작될 것임에 슬쩍 뒤를 바라보았다.

다프네가 어떤지 확인하려는 것이다.

마침 싸미라 등이 끌려나오고 있다. 스타르라이트는 거칠게 몸을 흔들며 놈들의 마수에서 벗어나려 애를 쓰고 있고, 아만다 프러페 반 도델 공주 역시 발버둥 치고 있다.

테이란 왕국 후작가의 영애인 도로시 칼라 폰 발렌틴은 더 이상 끌려가지 않으려 버티고 있다.

"이런, 비겁한 놈들!"

넷이 끌려나오는 모습을 본 현수는 곧이어 등장할 다프네를 기다렸다. 초조한 눈빛이다. 혹시라도 잘못되었을까 싶은 것이다. 그런데 나오지 않는다.

"갔나? 성공했을까?"

다프네에게 준 펜던트엔 아드리안 공국 최남단의 항구도시 콘트라의 좌표를 입력해 놓았고, 초장거리 텔레포트가 가능하도록 특급 마나석을 박아놓았다. 하지만 성공 여부는 확신할 수 없다. 얼마나 먼 거리인지 알 수 없었기 때문이다.

"부디 성공했기를……."

싸미라와 도로시, 그리고 스타르라이트와 아만다에겐 미안하지만 이제 더 이상 마음에 걸리는 일은 없다.

초장거리 텔레포트가 성공했는지 여부는 알 수 없지만 현수는 기회만 주어지면 적극적으로 도주하리라 마음먹었다.

손자병법은 36계로 이루어져 있다.

이 중 맨 마지막이 주위상(走爲上)이다. 적이 강하면 만용을 부리지 말고 적극적으로 피하라는 뜻이다.

지금이 딱 이런 상황이다. 그러므로 죽을 때까지 싸울 일은 아니다. 다만 갈 땐 가더라도 최대한 타격을 줘야 한다.

명색이 백마법사의 총수이다. 그런데 흑마법사들이 무섭다고 그냥 도망가는 건 모양새가 빠진다.

하여 죽여도 되살아나는 리치가 아닌 뒤쪽의 마법사들을 노려보았다.

이 순간, 아드리안 공국 최남단 콘트라의 영주성 한 곳에서 찬란한 빛이 뿜어져 나온다.

고오오오오—!

파아앗! 콰당—!

"으읏! 여긴……?"

조금 전까지만 해도 음산해 보이는 녀석들이 싸미라와 스타르라이트, 그리고 아만다와 도로시를 제압했다.

그리고 본인에게도 싸늘한 인상의 늙은 마법사가 접근했다. 그 순간 현수와의 대화가 떠올랐다.

"다프네, 만일 무슨 일이 생기면 아까 준 그거에 달려 있는 끈을 뽑아."

"네? 그게 무슨……?"

"무슨 일이 생기면 그때. 정말 위급하지 않으면 절대 뽑지 말고. 알았지?"

"무슨 일인지 말해주면 안 돼요? 이제 겨우 만났잖아요."

"긴장 풀어. 그리고 지금은 그걸 자세히 설명해 줄 시간이 없어. 황궁을 떠날 때까지는 조심해야 하거든."

다프네는 현수가 말한 순간이라 생각하여 펜던트의 끈을 힘차게 잡아당겼다. 그리곤 곧바로 빛의 향연 속에 담겼다.

그리고 아주 잠시의 시간이 흐른 뒤 이곳에 나타났다.

바닥으로부터 약 30㎝쯤 위에 나타났기에 도착하자마자 나뒹군 것이다.

"으읏! 아파라. 근데 여긴 어디지?"

다프네는 아픈 무릎을 문지르며 두리번거렸다. 어느 귀족가의 방 안인 듯한데 정확히 어딘지는 알 수 없다.

한 가지 확실한 것은 이곳은 마인트 대륙이 아니라는 것이다. 서가에 꽂혀 있는 책의 책등2)에 쓰여진 글씨가 아르센 공용어이기 때문이다.

"대체 여기가 어딘데 이곳으로 보내셨지?"

다프네는 두리번거리다 창밖을 내다보았다.

가구 등을 보니 어느 귀족가인 것이 분명하다. 하지만 구체적으로 어느 곳인지는 가늠할 수가 없다.

다프네가 이러고 있을 때 혼자 뭐라 중얼거리며 접근하는 여인이 있다.

콘트라의 영주 파이젤 백작성의 시녀 에밀리이다.

"피터 도련님은 잘 계실까? 엠마도 보고 싶네. 에휴! 언제 오려나. 그나저나 오늘도 도련님 방을 청소해야지. 언제 오실지 모르니까."

에밀리는 피터의 방문을 노크도 없이 열었다. 이 방의 주인이 없음을 알기에 노크하지 않은 것이다.

벌컥—!

"헉! 누, 누, 누구십니까?"

에밀리는 번쩍이는 티아라까지 쓴 다프네를 보고 눈을 크

2) 책등 : 책의 앞표지와 뒤표지의 사이, 즉 책꽂이에 책을 꽂을 때 보이는 부분.

게 뜬다. 이런 손님이 왔다는 말은 들어본 적 없기 때문이다.

다프네는 에밀리를 보자마가 묻는다.

"여, 여긴 어디죠?"

"네? 여기가 어디라니요? 여기가 어딘지도 모르면서 여기 계시는 거예요? 네?"

보아하니 아주 높은 귀족가의 여인인 듯싶다.

영주인 파이젤 백작은 부인밖에 모르는 사람이다.

지금껏 부인 이외의 여인에게 한눈을 판 적이 없다. 따라서 이 사람은 영주와 관련 있는 여인은 아니다.

그런데 걸치고 있는 의복이나 장신구 등을 보면 파이젤 백작 부인보다도 훨씬 더 호사스럽다.

"여기가 어딘지 먼저 말해주면 안 돼요?"

"여기요? 여긴 콘트라의 파이젤 백작님 성이에요."

"콘트라? 콘트라? 콘트라가 어디죠?"

"아드리안 공국, 아니, 아드리안 왕국 최남단에 위치한 항구도시예요. 설마 그것도 모른단 말이에요?"

"아드리안? 아!"

풀썩—!

"어머! 아가씨, 아니, 부인인가? 그러기엔 너무 젊고. 이것 보세요. 정신 차려요. 정신 차리란 말이에요."

에밀리는 피터의 침대로 쓰러진 다프네를 흔들었다. 과도

하게 긴장하고 있다가 어딘지도 모르는 곳으로 왔다.

잘못되면 수없는 능욕을 당한 끝에 놈들의 음식이 될 것이라 생각했다. 맥마흔에서 본 무서운 장면 때문이다.

황궁 특수첩보단원들은 죽은 시녀의 살점을 베어내 굽고, 찌고, 볶아서 먹었다. 그러면서 맛있다고 낄낄대곤 했다.

로렌카 황궁 지하의 모처엔 엄청난 수의 구울과 좀비들이 도열되어 있다.

유사시를 대비한 비축 병기라는 표현을 쓰는 것들이다. 그때 맡은 시체 썩는 냄새 때문에 사흘은 토악질을 했다.

잡혀가면 그런 끔찍한 꼴을 당할 것이라 과도하게 긴장해 있었다. 그런데 그 긴장이 풀리자 저도 모르게 정신이 아득해지면서 쓰러진 것이다.

"이봐요, 정신 차려요! 정신 차리란 말이에요! 에휴! 그렇지 않아도 귀빈이 오셔서 바빠 죽겠는데……. 안 되겠다."

아무리 흔들어도 다프네가 깨어나지 않자 에밀리는 다른 시녀들을 데리고 왔다.

웬만하면 물을 뿌려 정신을 차리게 하겠는데 그럴 수가 없었다. 걸치고 있는 의복이 너무나 고급이기 때문이다.

백작부인조차 엄두를 못 낼 정도로 비싼 옷을 입었는데 물을 뿌려 젖게 할 순 없었다.

다프네는 한참 동안 헝겊 인형처럼 흔들면 흔드는 대로 움직였다. 그러다 모두가 포기했을 즈음 정신을 차린다.

"끄으으응!"

"어머! 깨어나셨어요? 깨어나셨군요."

에밀리가 데리고 온 시녀가 다행이라는 표정을 지을 때 누군가의 음성이 들린다.

"무슨 일이지?"

막 들어선 이는 파이젤 백작의 부인이었다.

"아, 백작부인, 피터 도련님 방에 이분이 계셨는데 금방 기절하셔서……."

"그게 무슨 소리냐? 소상히 말해보아라."

"네, 쇤네가 피터 도련님의 방을 청소하려……."

잠시 에밀리의 보고가 이어졌다.

백작부인은 말을 끊지 않고 끝까지 이야기를 들은 후 막 상체를 일으키는 다프네를 바라보았다.

그런데 상당히 낯이 익다.

"응? 어디서 본 얼굴인데. 근방 영지의 파티 석상에서 봤나? 근데 왜 기억이 안 나지?"

파이젤 백작부인이 갸웃거릴 때 다프네가 자리에서 일어선다. 그리고 정중히 고개를 숙인다.

"실례했습니다. 다프네라 합니다."

"…네에? 다, 다프네요? 그, 그럼 라, 라수스의 협곡을 지배하시는 라이세뮤리안 님의 따님이십니까?"

파이젤 백작부인은 대경실색하며 심하게 말을 더듬었다.

"네, 라수스의 지배자 라이세뮤리안 옥타누스 카로길라아 지바랄 님이 제 부친이세요."

"세, 세상에! 자, 잠시만요. 자, 잠시만 이곳에서 기다려 주세요."

백작부인은 금방이라도 달려가려는 듯 치마를 추켜든다. 그냥 뛰면 치마가 밟혀 엎어지기 때문이다.

"에, 에밀리! 절대, 절대 무례하면 안 돼! 알았지?"

"네?"

"위대하신 존재의 따님이셔. 절대로 무례히 굴지 마."

"헉! 저, 정말이요?"

쿵! 쿠쿵! 쿠쿠쿵—!

"위, 위대하신 존재를 뵈옵니다."

에밀리를 비롯한 시녀들 모두 머리를 박으며 고개를 숙인다. 위대한 존재의 딸이라면 똑같이 위대하기 때문이다.

"이, 이러지 말아요. 나, 나는 위대한 존재가 아니에요."

"아, 아니에요. 위대하신 존재 맞아요. 그러니 잠시만 여기 계세요. 제가 가서 백작님을 모시고 올게요."

"네? 제가 왜……? 그리고 백작님은 왜……?"

다프네에게 대답해 줄 사람은 없다. 백작을 데리고 온다는 백작부인이 어느새 헐레벌떡 달려가고 있기 때문이다.

에밀리를 비롯한 시녀들은 부들부들 떨며 고개를 조아리고 있다. 이마는 당연히 바닥에 붙어 있다.

떼면 당장에라도 죽을 것만 같은 공포심이 든 때문이다.

다프네는 뭐라 해야 할지 몰라 난감했다. 하지만 하나는 확실했다. 이제는 안전하다는 것이다.

'고마워요, 하인스. 내 사랑……. 죽을 때까지 사랑할게요.'

위기로부터 자신을 구하기 위해 얼마나 먼지도 모를 곳까지 와줬다. 그리고 자신을 구하기 위해 영주 선발대회라는 목숨이 오가는 살벌한 전장에서 끝까지 버텨주었다.

그리고 당당히 승리하여 자신을 선택했다.

오늘 작위식이 있기 직전 황궁 시녀들로부터 들은 이야기이다.

목숨을 걸고 위기에 처한 자신을 구하러 온 하인스는 이제 영혼마저 줄 수 있을 정도의 존재가 되었다.

'그런데 지금 어디에 있어요? 왜 오질 않는 거죠? 흐흑! 하인스, 어서 와요. 제가 꼭 안아드릴게요.'

다프네는 눈물을 흘렸다. 고마워서, 너무도 사랑해서이다.

이때 누군가 달려오는 소리가 들린다.

퍽, 퍽, 퍽, 퍽! 우당탕탕—!

무언가를 건드렸는지 요란한 소리가 들린다. 하지만 에밀리를 비롯한 시녀들은 여전히 이마를 땅에 대고 있다.

"헉헉! 헉헉헉! 다, 다프네 님?"

헐레벌떡 달려온 파이젤 백작은 다프네에게 시선을 고정시키고 있다. 누구든 찾기만 하면 팔자를 고칠 수 있을 거액의 현상금이 걸려 있는 여인이다.

지금은 아니지만 예전 초상화를 보고 또 봤다. 너무 아름다워서이고 반드시 찾아야 할 존재였기 때문이다.

그 인물이 분명하다. 그런데 그림보다 훨씬 더 아름답다.

이곳 콘트라는 항구도시이다.

주변 국가의 상선이 수시로 드나들기에 입항료와 출항료만으로도 영주성이 운영될 정도로 많은 배가 오간다.

쿠르스 왕국, 테리안 왕국, 제라스 왕국, 라이카 왕국, 그리고 카이엔 제국과 크로완 제국의 배가 오간다.

뿐만이 아니다. 바다 건너 브리만 왕국의 배도 가끔 들른다. 지구로 치면 콘트라는 허브항만이다.

일본의 고베와 요코하마, 한국의 부산과 대만의 카오슝, 지나의 홍콩, 그리고 싱가포르가 동북아시아의 허브항만이다.

특히 싱가포르는 세계에서 가장 효율적인 컨테이너 허브항만으로 손꼽힌다.

이렇듯 많은 나라의 상선이 콘트라를 찾기에 파이젤 백작은 상당히 많은 귀족을 접한 바 있다.

아드리안 왕국의 수도 멀린에선 왕국의 귀족들도 만났다.

뿐만 아니라 인근 영지의 파티 석상에도 빠짐없이 참석했다. 변경백이면서 항만도시를 운영하기에 그들로서는 꼭 필요한 존재이기 때문이다.

어쨌거나 파이젤 백작은 상당히 많은 귀족을 만났다. 그중엔 귀족의 부인과 딸들도 포함되어 있다.

그 많은 여인 중 눈앞의 다프네와 미모를 견줄 만한 사람은 단언컨대 단 한 명도 없었다. 그만큼 아름다운 것이다. 하여 말을 잇지도 못한 채 멍한 표정으로 바라보고 있다.

"여보!"

"아……!"

백작은 부인이 옆구리를 찌르자 그제야 정신을 차린다.

"정말 다프네 님이십니까? 이실리프 마탑주의 부인이 되실 분! 위대한 존재의 따님이신 그분 말입니다!"

"…네, 제가 다프네예요. 근데……."

자신은 이실리프 마탑주의 부인이 아닌데 왜 그런 말을 하느냐고 물으려는데 파이젤 백작이 먼저 입을 연다.

"가시지요. 위대한 존재께서 기다리고 계십니다."

"네? 누구요?"

"위대하신 존재 라이세뮤리안 옥타누스 카로길라아지바랄 님께서 제 집무실에 계십니다, 지금!"

"네에? 아버지가요?"

믿기지 않지만 백작과 백작부인이 크게 고개를 끄덕이고 있으니 믿지 않을 수도 없다.

"네, 기다리고 계십니다. 저를 따라오십시오."

백작은 정중히 고개를 숙인 후 돌아선다. 백작부인은 다프네가 따르면 그 뒤를 따를 요량인지 기다리고 서 있다.

"오오! 다프네!"

다프네를 발견한 라세안이 두 팔을 벌려 어서 달려오라는 몸짓을 하지만 감히 그럴 수가 없다.

하여 공손히 고개를 숙여 예를 갖췄다.

"위대하신 존재를 뵈어요."

"하하! 이 녀석, 너는 안 그래도 된다."

"네? 어머! 죄송해요."

무슨 의미인지 알 수 없어 저도 모르게 한 반문이다.

그런데 감히 위대한 존재에게 다시 말하라는 뜻이 되었기에 얼른 고개를 조아린다.

"이제부터 너의 이름은 다프네 옥타누스 폰 라수스이다."

"……!"

라이세뮤리안의 원래 이름은 라이세뮤리안 다르살마이네 옥타누스 카인토르이파치 쿠라이제이시카 카로길라아지바랄 화르토갓이슈이다.

조상들의 이름이 중첩된 이 긴 이름 중 상당 부분을 쳐냈다. 태어나기도 전에 살다가 마나의 품으로 돌아간 조상 중 별로 존경스럽지 않은 이름은 없앤 것이다.

라이세뮤리안은 본인의 이름이니 없앨 수 없고, 나머지 중 존경할 만한 옥타누스와 카로길라아지바랄만 남긴 것이다.

이 중 옥타누스는 라세안의 고조할아버지 이름이다.

이 이름을 남긴 이유는 골드 드래곤을 힘으로 찍어 누른 위대한 분이기 때문이다.

카로길라아지바랄은 훨씬 오래전의 존재인데 블랙 드래곤과 혈전을 벌여 화이트 드래곤을 아내로 취한 존재이다.

연적끼리 싸워서 이긴 건데 워낙 굉렬한 전투였는지라 드래곤들의 입에 오르내린 것이다.

어쨌거나 자신이 중요하게 여기는 이름 중 중간 이름을 다프네에게 주었다. 그리고 라수스 협곡 전체를 영지 개념으로 삼으라는 뜻에서 라수스를 추가했다.

이는 친딸로 인정하고 직접 보살피겠다는 뜻이다.

"다프네 옥타누스 폰 라수스라고요?"

"그래, 곧 바뀌겠지만 결혼 전까지는 다프네 옥타누스 폰 라수스로 살아라."

다프네는 고개를 갸웃거린다.

"근데 바뀐다는 게 무슨 뜻이에요?"

"너는 곧 다프네 멀린 킴 드 세울이 될 거야. 이실리프 마탑의 마탑주이자 이실리프 왕국의 국왕이 될 하인스의 아내가 되는 거지."

"네? 제가요?"

다프네는 대체 무슨 소리인지 알 수가 없다.

"그래, 하인스 그 친구가 너를 자신의 아내로 맞이하겠다고 내게 널 달라고 했다."

사실은 라세안이 강요한 것이다. 드래곤 로드와의 중재와 아드리안 왕국의 수호령 선포가 조건이었다.

"저, 정말요?"

꿈에서도 그리는 일이 하인스와 맺어져 행복한 삶을 사는 것이다. 이른 아침에 눈을 떴을 때 하인스의 품에 안겨 있는 자신을 상상했다.

하인스와의 활쏘기 내기에 이겨 소원 하나를 빌 수 있다.

아직 써먹지 않았는데 다시 만나면 '당신의 아내가 되고 싶어요' 라고 말할 생각이었다.

물론 몹시 부끄럽겠지만 그 시간은 짧을 것이다. 대신 아주 오랫동안 행복한 삶을 살 거라 생각했다.

그런데 그 소원을 빌기도 전에 저쪽에서 먼저 청혼했다고 한다. 쌍방이 서로를 간절히 바란다는 뜻이다.

다프네는 한순간 멍한 표정을 지었다. 뇌 속에서 화려한 불꽃놀이가 벌어지고 있기 때문이다.

이를 짐작한 라세안이 너털웃음을 짓는다.

"녀석. 그렇게 좋으냐? 하긴, 그 친구가 잘나긴 했지."

현수가 검은별의 전설호를 타고 이곳 콘트라를 떠난 다음 날 라세안이 당도했다.

라수스 협곡에서 쏟아져 나간 몬스터들을 다시 산맥 안으로 들여보내고 오느라 시간이 지체된 것이다.

제아무리 탁월한 능력을 가진 드래곤이라 할지라도 1,000km가 넘는 협곡 전부를 건사하는 건 시간이 걸릴 일이다.

도착하자마자 제일 큰 집을 찾았다. 그건 그곳을 지배하는 자가 사는 곳이기 때문이다.

"누구냐? 정체를 밝혀라!"

현수가 준 아베크롬비 스타일의 티셔츠와 청바지를 걸친 라세안의 모습은 이곳 사람들의 눈에 몹시 기괴해 보였다.

그렇기에 영주성 앞을 지키던 위병은 '이건 웬 미친놈인가?' 하는 표정으로 라세안을 바라보았다.

그러거나 말거나 마음 급한 건 라세안이었다.

"들어가 너희 영주에게 이르라. 나는 라수스 협곡의 지배자 라이세뮤리안 옥타누스 카로길라아지바랄이다. 레드 일족의 수장이 너희 영주를 보러 왔다고 하라."

"네? 그, 그게 무슨……?"

위병은 기사나 귀족이 아니다. 그렇기에 위대한 이름을 듣고도 그게 무슨 뜻인지 몰라 반문한다.

"나는 레드 드래곤이다. 가서 영주더러 나오라 하라."

말을 마친 라세안은 눌러놓은 기세를 발산한다.

털썩—!

"헉! 위대하신 분! 죄, 죄송합니다. 소, 소인이 정말 잘못했습니다."

너무도 놀란 위병은 심하게 말을 더듬는데 겁에 질려 소변을 지렸는지 아랫도리가 흥건하게 젖고 있다.

"시끄럽고, 가서 영주나 불러와라. 어서!"

"헉! 네! 자, 자, 잠시만요!"

챙그랑! 후다다닥—!

위병은 들고 있던 창을 내던지고 얼른 안쪽으로 달려간다. 원래는 위병들을 관리하는 기사에게 먼저 보고해야 한다.

다음은 기사의 지시에 따라 안쪽으로 가든지 해야 하는데 지금 그런 건 깡그리 무시했다.

그런 절차를 밟을 정신이 없는 것이다.

한편, 위병들이 제대로 근무하고 있는지 순찰하던 위병 담당 기사는 정문을 지키는 녀석 중 하나가 헐레벌떡 안으로 뛰어가자 무슨 일인가 싶다.

정문 앞엔 괴상한 의복을 걸친 사내 하나가 서 있다.

"뭐야? 너는 누구냐? 여긴 왜 왔어?"

"말이 짧다."

퍼억—! 와당탕탕—!

"크흐윽!

라세안이 걷어찬 발에 가슴패기를 얻어맞은 기사는 그 충격을 견디지 못하고 뒤로 두어 바퀴나 굴렀다.

그런데 갈비뼈에 문제가 생겼는지 뻐근한 통증이 느껴져 저도 모르게 신음을 냈다.

"이잇! 이, 이놈!"

자리에서 벌떡 일어난 기사는 허리춤의 검을 뽑아 들었다. 투핸드 소드이다.

라세안은 급한 마음이지만 그래도 인간의 예법을 어느 정도는 지켜주려고 했다. 이곳이 아드리안 왕국이기 때문이다.

친구 하인스가 보호해 줘야 할 나라라 하여 인내심을 갖고 절차를 따르려는데 웬 애송이가 분수도 모르고 달려든다.

이럴 땐 적절한 훈육이 필요하다.

"이놈!"

쉐에에엑—!

투핸드 소드가 가슴 어림을 노리고 베어온다. 라세안은 슬쩍 한 걸음 옆으로 물러나 기사의 공격을 무위로 돌렸다.

다음 순간 목표물은 잃었지만 관성은 살아 있어 몸이 한편으로 쏠린 기사의 등을 찼다.

퍼억—! 우당탕—!

"크윽!"

어디를 어떻게 잘못 맞았는지 모르지만 한쪽 어깨가 탈구되었다. 소드를 들 수 없는 상황이 된 것이다. 그럼에도 나머지 한 손으로 검을 쥔 채 재차 공격해 온다.

쉬익—!

당연히 조금 전보다 위력이 약해져 있다. 방금 전 좌에서 우로 그었다면 이번엔 우에서 좌로 긋는 수법이다.

한 걸음 뒤로 물러났던 라세안은 검이 표적을 놓치자마자 두 걸음을 다가가 조금 전에 찬 어깨를 다시 찼다.

# CHAPTER 03
## 당신은 누구십니까?

퍼억—!

"크아악!"

빠졌던 어깨가 강제로 다시 맞춰졌다. 그 고통은 안 당해본 사람은 알 수 없다. 어쨌거나 기사는 비명을 질렀다.

너무나 아파 참을 수 없었던 것이다. 그러다 빠진 어깨가 다시 끼워진 걸 느끼곤 다시 검을 쥐었다.

"야아압!"

퍼억! 우당탕탕—!

"흐읍!"

검을 휘두르면 한 번씩 맞아서 자빠지거나 엎어졌다.

때론 구르기도 했다. 그렇게 십여 번이 계속되자 그제야 자신의 상대가 아니라는 걸 알았는지 공격을 멈춘다.

그렇다 하여 검을 놓은 것은 아니다. 여전히 라세안을 겨눈 채 눈치를 보고 있다.

이때 저쪽에서 달려오는 일단의 무리가 있다.

우다다다! 우다다다다!

"여, 영주님!"

기사는 정문에 침입자가 있다는 보고를 받고 파이젤 백작이 기사들을 이끌고 달려온 것으로 착각했다.

"여기 수상한 놈이 있습니다. 제가 지금껏 막고는 있었지만 너무나 강합니다."

말을 마친 기사는 동료 기사들에게 눈짓했다. 강한 놈이니 주의하라는 뜻이다. 그런데 아무도 검을 뽑지 않는다.

뿐만이 아니다.

털썩—!

"콘트라의 영주 파이젤 그루 폰 콘트라가 위대한 존재를 알현하옵니다!"

"콘트라의 기사 윌리엄이 위대하신 분을 뵈옵니다!"

"콘트라의 기사 토리가 위대하신 분을 알현하옵니다!"

"콘트라의 기사 헉슬리가 위대하……!"

동료 기사들까지 모두 무릎을 꿇고 예를 올리는 모습을 본 기사는 넋이 나가 버렸다.

"그, 그럼……? 끄응!"

털썩—!

결국 지금까지 라세안에게 얻어터지던 기사는 혼절하고 말았다. 하지만 어느 누구도 구원의 손길을 베풀지 않는다.

지금은 그럴 타이밍이 아닌 것이다.

"영주, 나는 하인스를 찾아왔다. 어디에 있는가?"

"마, 마탑주님께서는 어제 이곳을 떠나셨습니다."

"떠나? 어디로?"

"블랙일 아일랜드라는 곳으로 가셨습니다."

"어디? 블랙일 아일랜드?"

"네, 어제 마탑주께서 검은별의 전설호를 타시고……."

잠시 파이젤 백작의 보고가 이어진다. 라세안을 별다른 맞장구 없이 전후 상황을 모두 들었다.

"그럼 블랙일 아일랜드로 가는 배를 마련하라."

뒤따라가 합류하려는 의도이다.

"그건… 죄송합니다. 블랙일 아일랜드는……."

또 파이젤 백작의 설명이 이어진다.

하인스가 떠난 후 백작은 콘트라의 기항에 있는 모든 배의 선장을 불렀다. 그리곤 블랙일 아일랜드의 위치를 물었다. 병사들을 이끌고 따라가려는 의도였다.

이는 국왕의 명령이다. 그런데 아무도 그곳의 위치를 모른다. 어떤 자는 배를 50년이나 탔지만 블랙일 아일랜드라는 명칭은 처음 듣는다며 진짜 그런 섬이 있느냐고 반문했다.

"끄응!"

라세안은 나지막한 침음을 냈다. 협곡을 벗어나 분탕질을 치던 트롤들만 없었다면 제시간에 도착했을 것이다.

숫자도 많았지만 여기저기 흩어져 있어서 놈들을 단속하느라 애를 먹었다. 그 결과가 하루 늦게 당도한 것이다.

"그럼 방법이 없다는 건가?"

"죄송합니다. 현재로서는……."

"끄응!"

라세안이 대놓고 마음에 들지 않는다는 표정을 짓자 파이젤 백작은 저도 모르게 입을 연다. 어떻게든 진정시켜야 하기 때문이다.

"마탑주께서 가셨으니 곧 돌아오시지 않겠습니까? 오시면 이쪽으로 오실 것이니 예서 기다리는 건 어떠신지요?"

"여기서?"

"네, 제가 모시겠습니다."

파이젤 백작은 저도 모르게 내뱉은 이 말로 본인의 거처를 잃었다. 라세안에게 자신의 침실을 내준 것이다.

그리곤 매일 극진하게 대접했다.

혹시라도 화가 나서 화염의 브레스라도 한 방 뿜으면 콘트라는 작살나기 때문이다.

그게 지난 2월 21일에 있었던 일이다. 그리고 오늘은 4월 30일이다. 벌써 두 달이 넘는 기간이다.

그동안 콘트라의 재정은 말도 안 되게 줄어들었다. 매일매일 융숭하게 대접해야 했기 때문이다.

하루하루가 바늘방석에 앉은 것처럼 조심스러웠다. 조금만 실수해도 안 된다고 생각한 때문이다. 하여 영주성의 모든 사람은 극도의 긴장 속에서 살았다.

레드 드래곤은 성정이 사납고 급한 것으로 알려져 있다. 한 번 화를 내면 흉포하기 이를 데 없어 눈에 띄는 모든 것을 박살 낼 것이다.

그렇기에 매사 조심조심하면서 지냈다.

그 때문에 파이젤 백작은 비롯한 거의 모두의 눈 아래엔 짙은 다크서클이 형성되어 있다.

마음고생이 너무 심한 탓이다.

"제가 그분의 아내가 돼요?"

"그래, 넌 장차 이실리프 마탑주의 부인이자 이실리프 왕국의 왕비가 된다. 그러니 옥타누스라는 이름을 가져도 된다.

어떠냐? 좋지?"

"네? 네에."

다프네는 날아갈 것만 같은 기분이다.

너무나 좋아서 환호성을 터뜨리고 싶지만 라세안이 있으니 그러면 안 된다. 아무리 자식이라고 해도 번거롭게 굴거나 화를 돋우면 가차 없기 때문이다.

"그나저나 그 친구는? 왜 너 혼자 왔지? 하인스는 어디에 있느냐?"

"네? 아, 하인스 님은……."

다프네의 길고 긴 설명이 끝나자 라세안은 화들짝 놀라지 않을 수 없다. 9서클 마스터급 마법사가 100명 이상 있는 나라가 있다는 데 어찌 놀라지 않겠는가!

드래곤 로드조차 가급적이면 9서클 마스터는 건드리지 말라고 하였다. 그런데 한둘이 아니라고 한다.

그리고 마지막으로 본 모습은 그들에 의해 하인스가 완전히 에워싸여 있었다고 한다.

"그, 그럼……. 아무리 10서클 마스터에 그랜드 마스터라 할지라도 그렇게 많으면……. 으음!"

라세안은 낮은 침음을 토했다. 본인도 자신이 없는 절지에 있다니 저절로 나온 것이다.

"그런데 너는 어떻게 이곳으로 온 것이냐?"

"저는 하인스 님이 주신 펜던트의 줄을 뽑아서……."

"펜던트? 그거 이리 줘봐라."

"네, 여기."

지금껏 손에 꼭 쥐고 있던 펜던트를 건네는데 마나석의 색깔이 바뀌어 있다.

"어라? 이거 왜 이러죠? 원래는 진한 보라색이었는데 거의 투명해요. 어떻게 해서 이렇게 된 거죠?"

"그건 초장거리 텔레포트를 하느라 담겨 있던 마나가 모두 소진되어 그렇다. 그나저나, 흐음, 이 친구 솜씨가 점점 일취월장하고 있군. 대단해. 정말 대단해."

라세안은 펜던트에 그려진 복잡다단한 문양을 보며 계속 고개를 끄덕인다.

현수가 그려놓은 텔레포트 마법진을 살펴보니 이전보다 훨씬 효율적으로 바뀌었다. 마나 사용량이 이전에 비해 7분의 1 정도 절약되는 것이다.

"흐음! 이건 체인 라이트닝이군. 호오! 이건 마나집적진? 이건 오토 리차지? 이 친구, 이거 정말 대단하군."

드래곤들은 마나석에 담겨 있는 마나가 모두 소진되면 버린다. 그런데 현수는 다 쓴 마나석을 재사용하도록 만들었다.

드래곤으로선 생각지 않던 방법이다.

"어라, 이건……."

라세안은 또 하나의 마법진을 발견했다.

"이 친구는 정말……. 과연 10서클 마스터답네."

텔레포트를 함과 동시에 남는 마나 유동에 간섭을 일으켜 어디로 갔는지를 파악할 수 없도록 하는 마법진을 보곤 고개를 끄덕이지 않을 수 없다.

다프네가 어디로 갔는지 알 수 없도록 하여 안전을 도모한 것이다.

"다프네, 네 남편은 정말 이 세상 모든 존재 중 가히 최고라 할 수 있다."

"……!"

자세한 설명 없이 이렇게 말하니 뭐라 대꾸할 수 없어 눈만 크게 뜬다. 가능하면 설명해 달라는 뜻이다.

"이걸 보거라. 여기 이건……."

라세안은 자애로운 아버지처럼 펜던트에 담긴 안배에 대해 설명해 준다. 다프네는 물론이고 곁에 있던 파이젤 백작까지 감탄을 금치 못한다.

"아! 그분께서……."

"역시 마탑주님이시군요."

"그래, 그런데 그 친구가 위기에 처한 것 같군. 문제는 거기가 어딘지 모른다는 거지. 끄응!"

"라이세뮤리안 님! 혹시 검은별의 전설호가 귀항하면 알 수 있지 않을까요?"

백작의 말에 라세안이 눈을 번쩍 뜬다.

"그렇지! 그 배가 오면 어디로 갔는지 알 수 있겠군."

라세안은 파이젤 백작을 바라보며 고개를 끄덕여 주었다. 좋은 생각이라는 의미이다.

백작은 상급자에게 칭찬받은 기분인지 웃고 있다.

"근데 언제 올지 모르니 문제일세."

"네, 그건 그렇죠."

"흐음! 일단 병사들을 모으게. 수도의 국왕에게 연락하여 아드리안 왕국의 최상급 기사들을 이곳으로 결집시키게. 아울러 검은별의 전설호가 오면 언제든 출발할 수 있도록 배도 징발해 놓고. 알겠나?"

"네, 알겠습니다."

하인스 마탑주를 돕는 건 아드리안 왕국의 의무이다. 하여 당연한 말이라 생각하기에 백작은 즉시 허리를 꺾는다.

"좋아, 나는 나대로 조치를 취하지. 그동안 편안했네."

"네? 어딜 가십니까?"

"나는 미판테 왕궁엘 다녀오겠네. 그쪽에서 데려올 아이들이 있거든."

라세안은 직계 자손인 드래고니안들을 데려올 생각이다. 그리고 간 김에 미판테 왕궁을 들르려 한다.

"아, 그러십니까?"

백작의 말에도 라세안은 대꾸하지 않는다. 다프네에게 시선을 옮긴 때문이다.

"그나저나 다프네야, 네 옷이랑 장신구, 그건 다 뭐니?"

"아! 이거는요, 제가 거기 있을 때……."

잠시 다프네의 설명이 이어진다. 로렌카 제국에서 30년에 한 번씩 벌어지는 영주 선발대회에 관한 이야기이다.

핫산 브리프 공작에 의해 선택을 받고 나자 시중들어 주던 시녀들의 입을 통해 알게 된 사실이다.

그럼에도 매우 사실적으로 묘사되었다. 마치 다프네가 현장에서 직접 목격한 것처럼 생생하게 설명한 것이다.

이는 핫산 브리프가 단연 화제의 중심에 있었기에 일거수일투족이 소문이 되어 전해진 때문이다.

"와아! 세상에, 9서클 마스터를 겨우 블링크와 아공간 마법으로 제압하셨다니 정말 대단하십니다!"

파이젤 백작은 입을 딱 벌린다.

오로지 저서클 마법만 구사하여 고서클 마법사들을 농락한 이야기는 과연 전설이 될 만하다 느낀 때문이다.

실제로 현수가 핫산 브리프 공작이 되어 마인트 대륙에 살았다면 이번 영주 선발대회는 영원한 전설이 되었을 것이다. 상식을 깨는 전무후무한 일이기 때문이다.

"허어! 윈드 필드 속에 윈드 커터를 섞다니……."

마법의 조종인 라세안 역시 감탄을 금치 못한다. 단순한 역발상으로 얻은 성과가 아닌 때문이다.

사람들은 모두 놓치고 있지만 윈드 필드 속에 윈드 커터를 섞는 것은 극도로 정교한 마나 조절 능력이 있어야 하기 때문이다.

예를 들자면 담배를 피우는 사람들이 간혹 연기로 도넛을 만들어낸다. 연기를 머금은 채 볼을 톡톡 두드리며 슬쩍 숨을 내쉬면 계속해서 만들어지기도 한다.

그런데 이렇게 만든 두 개의 도넛을 마치 쇠사슬처럼 엮이게 만드는 것이 바로 윈드 필드 속에 윈드 커터를 구현시키는 것과 비슷한 일이다.

당연히 어렵다는 뜻이다.

다프네로부터 남작위 제1대결부터 공작위 최종 대결까지의 이야기를 모두 들은 라세안과 파이젤 백작은 과연 마탑주라는 말을 여러 번 했다.

저도 모르게 손에 땀을 쥘 정도로 실감나게 표현한 때문이다. 사랑하는 사내가 칭찬받는 것이 기분 좋은지 열변을 토한 것이다. 그렇게 이야기는 끝났다.

"정말 대단하군. 이야기책에 나올 만한 일이야."

"네, 저도 그렇게 생각합니다. 그런데 다프네 옥타누스 폰 라수스 님."

파이젤 백작의 시선을 받은 다프네가 눈을 크게 뜬다.

"방금 들은 이야기를 책으로 엮어내고 싶은데 허락해 주실 수 있는지요?"

"네? 제겐 그런 권한이 없어요. 그건……."

"아니. 네겐 그런 권한이 있어. 너는 하인스 그 친구의 아내니까. 게다가 그 일은 순전히 너를 구하기 위해 그 친구가 위험을 무릅쓴 거니까 네게도 권한이 있다."

라세안은 다프네에게 허락하라는 말을 하고는 파이젤 백작을 바라본다.

"허락하니까 책으로 엮게. 단, 방금 내 딸 다프네가 말한 것처럼 조리 있고 생생해야 하네. 알았나?"

"네, 그럼요. 뛰어난 이야기꾼을 고용해서라도 당연히 그렇게 해야지요."

"좋아, 책이 만들어지거든 이 동네에서만 읽지 말고 온 세상 사람이 다 볼 수 있도록 상단을 통해 사방팔방에 깔게. 이런 건 모든 사람이 다 알아야 할 일이야."

"아! 그런 방법도 있군요."

장사꾼이 아닌지라 파이젤 백작은 생각지 못한 일이다.

얼마 후의 일이지만 파이젤 백작은 현수가 다프네를 구하러 간 일을 한 권의 책으로 엮는다.

콘트라 제일의 이야기꾼들을 고용하여 이루어낸 일이다.

그리고 글을 읽고 쓸 줄 아는 평민들을 고용하여 무한 필사시켜 아르센 대륙 곳곳에 판다. 그렇게 해서 엄청난 부(富)를 축적하게 된다.

상인들은 돈 생기는 일이라면 무엇이든 한다.

일부는 법에 저촉되거나 비도덕적인 일이라 할지라도 은밀히 하면 된다는 마인드를 가지고 있다.

하여 누군가 불법 복제를 하여 큰 힘 안 들이고 많은 돈을 벌 것이라 예상하게 마련이다.

하지만 '하인스의 모험' 이라는 제목으로 팔리는 책은 그럴 수 없다.

표지를 넘기면 가장 먼저 보이는 문구 때문이다.

이 책은 특별히 두 분의 허락을 받아 편찬되었다.

이 지면을 빌려 라수스 협곡의 지배자이시며 중간계의 조율자이고 위대한 존재이신 레드 일족의 큰 어른 라이세뮤리안 옥타누스 카로길라아지바랄 님께 깊은 존경과 감사의 뜻을 바친다.

아울러 그분의 따님이시자 이실리프 마탑주이시며 이실리프 왕국의 국왕이신 하인스 멀린 킴 드 세울 님의 배우자이신 다프네 옥타누스 폰 라수스 님께도 깊은 감사와 흠모의 뜻을 드린다.

누구든 허락 없이 이 책을 배포할 경우 징벌당할 수 있다. 후환이 두렵지 않다면 시도해 봐도 좋을 것이다.

—아드리안 왕국 콘트라 영지 파이젤 백작 白[3)]

결국 수천 년이 흐르도록 '하인스의 모험'은 단 한 권도 무단 필사되어 배포되지 않는다.

허락한 자들이 너무도 무시무시한 때문만은 아니다.

한국엔 저작권 보호법이 있다.

누구든 남의 저작권을 침해하면 5,000만 원 이하의 벌금형, 또는 5년 이하의 징역형에 처해질 수 있다.

이런 형사처분과는 별도로 저작권자에 의해 손해배상청구 소송을 당할 수 있다.

이는 형사처분과 별도로 저작권자가 입은 구체적인 손해를 배상해야 하는 것이다. 그럼에도 P2P, 웹하드, 토렌트 등을 이용한 저작권 침해가 끊이지 않고 있다.

이렇듯 법률이 있어도 지켜지지 않은 세상이 있건만 아르센 대륙 사람들은 참으로 도덕적이다.

어쨌거나 하인스의 모험이 필사되지 않은 이유는 바로 이 소설의 주인공인 현수 때문이다.

현수는 세상 사람들의 존경과 흠모를 한 몸에 받는 이실리

---

3) '하얗다', '희다' 라는 뜻과 '깨끗하다' 라는 뜻도 가지고 있다. 이와 함께 '아뢰다', '탄핵하다' 라는 뜻도 가지고 있다. 참고로, '주인白' 은 '주인이 알려드립니다. 주인이 말씀드립니다' 라는 겸손한 표현이다.

프 마탑의 마탑주이며 그랜드 마스터이다.

그래서 아무리 간이 큰 사람이라 할지라도 이 세상 모든 기사와 마법사들의 눈초리로부터 자유로울 수 없음을 알기에 필사하지 않은 것이다.

걸리면 최소 뼈가 부러지니 그러고 싶은 마음이 생기다가도 쏙 들어갈 것이다.

덕분에 파이젤 백작가는 아드리안 왕국 최고의 부자가 된다. 책을 팔아서 생긴 이득금이 엄청나기 때문이다.

이는 라세안을 접대하느라 들어간 돈의 20배쯤 되니 손해 보는 장사는 아니다.

아무튼 '하인스의 모험' 은 이 세상 모든 기사와 검사, 그리고 마법사들에게 팔린다. 뿐만 아니라 모든 귀족가와 왕궁, 그리고 제국의 황궁에서도 사들인다.

위대한 인물의 발자취임과 동시에 교훈과 웃음, 그리고 재치와 재미가 넘쳐나는 책이기 때문이다.

메인 스토리는 이실리프 마탑주가 아내가 될 여인을 구하는 것이다. 그렇기에 상당히 많은 여인이 탐독한다.

백마 탄 왕자보다도 더 뛰어난 인물이 사랑하는 여인을 구하기 위해 위험을 무릅쓴 이야기이니 당연한 일이다.

지구에선 시집 잘 가서 팔자 핀 여자들의 이야기를 '신데렐라 스토리' 라고 부른다. 그런데 이곳 아르센에선 그런 종류의 글을 '다프네 스토리' 라는 고유명사로 부른다.

어쨌거나 나중엔 평민들도 사게 된다. 당연히 어마어마한 양이 팔린다. 물론 나중에 일어날 일이다.

어쨌거나 라세안이 책으로 엮는 데 적극 나선 이유는 다프네 때문이다. 세월이 흐르면 하인스의 첫째 부인 카이로시아와 둘째 부인 로잘린의 이름은 잊힌다.

상대적으로 평범한 인간이기 때문이다.

가이아 여신의 성녀이자 하인스의 셋째 부인인 스테이시아르웬의 이름은 조금 오래갈 것이다.

남은 것은 케이트와 다프네이다. 하나는 드래곤의 제자이고 다른 하나는 드래곤의 딸이다. 당연히 마법적 배려가 가해져 카이로시아나 로잘린보다 훨씬 오래 살 것이다.

라세안이 베풀려는 마법적 안배가 성공적으로 가해지면 다프네의 수명은 약 500살이 될 것이다. 제니스케리안 역시 가만있지 않을 것이니 케이트 또한 그럴 것이다.

책으로 출판되면 둘 중 세상 사람들의 뇌리에 더 오래, 그리고 더 명확히 기억되는 건 당연히 다프네일 것이다.

그렇기에 출판을 종용한 것이다.

라세안의 의도대로 사람들은 케이트보다는 다프네의 이름을 더 오래 기억한다. 계획 성공이다.

어쨌거나 라세안이 책으로 엮으라 하자 다프네는 걱정스

런 표정을 짓는다.

"아버지, 하인스 님이 혹시……."

"괜찮아. 그 친구는 이런 일에 신경 안 써. 그리고 나중에 뭐라 하면 내가 다 무마할 테니 너는 걱정 말거라."

"네에."

드래곤이 그렇다는데 어찌 말리겠는가!

"아, 잠깐만. 잊은 게 있다."

라세안은 자신이 머물던 침실로 들어간다. 뭔가 가져올 것이 있는 듯하다.

"자, 이제 챙길 것은 모두 챙겼으니 가자."

"네? 어디로요? 어머! 죄송해요."

라세안이 아무런 설명도 하지 않았기에 다프네는 저도 모르게 물어놓고는 얼른 입을 다문다.

라세안이 반문하는 걸 싫어함을 알기 때문이다.

"먼저 미판테 왕궁으로 가야겠다. 이리 오너라."

다프네가 라세안의 곁으로 다가가자 파이젤 백작은 얼른 물러선다.

"그동안 신세 졌네. 또 보세."

"네? 아, 네! 아, 안녕히 가십시오."

파이젤 백작의 허리가 꺾일 때 라세안의 입술이 달싹인다.

"텔레포트!"

샤르르르르르—!

용언 마법답다. 하나 잔류 마나는 현수의 그것보다 많다. 효율 면에서 떨어진다는 뜻이다.

"…가셨네. 휴우우~!"

내놓고 말은 안 했지만 파이젤 백작은 그간 가슴앓이가 심했다. 가까이 다가가는 것조차 두려운데 극진히 모시지 않으면 안 되기 때문에 매일 대면해야 했다. 그리고 축적되어 있던 가문의 재산 중 거의 절반이 소모되었다.

왕궁에도 라세안이 방문했음을 알렸다.

그 결과 국왕으로부터 융숭한 대접을 지시받았다. 따라서 사용된 재원 가운데 일부는 보전[4]될 것이다.

그래도 출혈이 심했다. 하지만 개의치 않는다. 오히려 영광으로 생각하고 있다.

이제 콘트라 영주성은 드래곤이 머물던 공간이 되었다.

드래곤이 수면을 취한 침실, 드래곤이 밥을 먹은 식당, 드래곤이 거닌 정원, 드래곤이 책을 읽은 도서관, 드래곤이 수련한 연공실이 된 것이다.

후세에 기념이 될 만한 일이기에 그 정도 출혈은 충분히 감수하리라 생각한다.

"어머! 여보, 여기 좀 와보세요!"

---

4) 보전(補塡) : 부족한 부분을 보태어 채움.

그간 빼앗긴 영주의 침실로 들어간 백작부인의 뾰족한 음성에 파이젤 백작은 후다닥 달려 들어간다.

혹시라도 뭐가 잘못되었나 싶은 것이다.

"헉! 이건……."

자신의 침실로 들어간 파이젤 백작은 한가운데에 놓인 상자를 보고는 입을 딱 벌린다.

가로세로가 50㎝, 높이 30㎝짜리 상자엔 보석이 하나 가득 들어 있다. 다이아몬드, 에메랄드, 루비, 사파이어, 묘안석, 토파즈, 아쿠아마린 등등이다.

"세상에! 이 많은 걸 숙박비로 주셨어요."

"뭔 소리야?"

"여기 이거요."

백작부인이 내놓은 서찰엔 용사비등한 글이 일필휘지로 쓰여 있다.

그간 애썼다.

이건 숙박비이니 챙겨두도록!

—라이세뮤리안 옥타누스 가로길라아지바랄.

"흐으음! 세상의 소문이 모두 거짓이란 말인가?"

드래곤은 너무도 탐욕스러워 받는 것은 알뜰하게 받아 챙겨도 주는 것은 인색하다고 알려져 있다.

그런데 라세안은 받은 것 이상으로 되돌려 주었다. 그러니 파이젤 백작이 믿을 수 없다는 표정을 짓고 있는 것이다.

"어머나! 여보, 이것 보세요. 이거 정말 예뻐요."

백작부인은 커다란 에메랄드를 빛에 비춰보며 신 난 표정을 짓고 있다.

드래곤은 청결하다. 하여 인간의 거처에서 지내는 걸 불편해한다. 잠자리는 냄새나고 벌레도 많은 때문이다.

유희 중일 때는 그걸 일부러 감내하는 것이다.

그런데 라세안은 당도함과 동시에 자신이 드래곤임을 밝혔다. 유희가 아니라는 의미이다.

그럼에도 두 달이 넘는 기간 동안이나 불편한 곳에 머물러 줬으니 거꾸로 뭔가를 받아가야 한다. 그럼에도 불구하고 보석을 남긴 건 전적으로 현수 때문이다.

친구인 하인스의 체면이 있기에 내키진 않았지만 가진 것 중 극히 일부를 꺼내놓았다. 그런데 파이젤 백작부인은 이걸 보고 환호하고 있는 것이다.

같은 순간, 라세안과 다프네는 미판테 왕궁에서 스르르 돋아나고 있다.

"헉! 누, 누구……?"

왕궁의 정문 안쪽에서 위병 근무 중이던 왕실기사단 소속 중견기사 호데른과 미테랑은 얼른 검을 뽑아 들었다.

뒤늦게 괴현상을 발견한 나머지 기사들 역시 검을 뽑아 들고 삼엄한 경계망을 펼친다.

왕궁은 만일을 위해 마법이 구현되지 않도록 안티 매직필드 마법진이 그려져 있다. 7서클 대마법사가 그려놓은 것인지라 6서클 이하의 마법사들은 마법을 쓸 수 없다.

그런데 마법진의 효력이 있는 범위 안에서 누군가가 돌아나니 어찌 놀라지 않겠는가! 아무튼 라세안은 검을 뽑아 든 채 자신을 바라보고 있는 기사들에게 시선을 주었다.

"수고들 많다. 나를 국왕에게 안내하라."

"누, 누구냐?"

한눈에 보기에도 라세안에게선 고수의 풍모가 엿보인다.

그런 그의 뒤에 서 있는 여인은 눈을 비비고 다시 봐야 할 만큼 아름답기 그지없다.

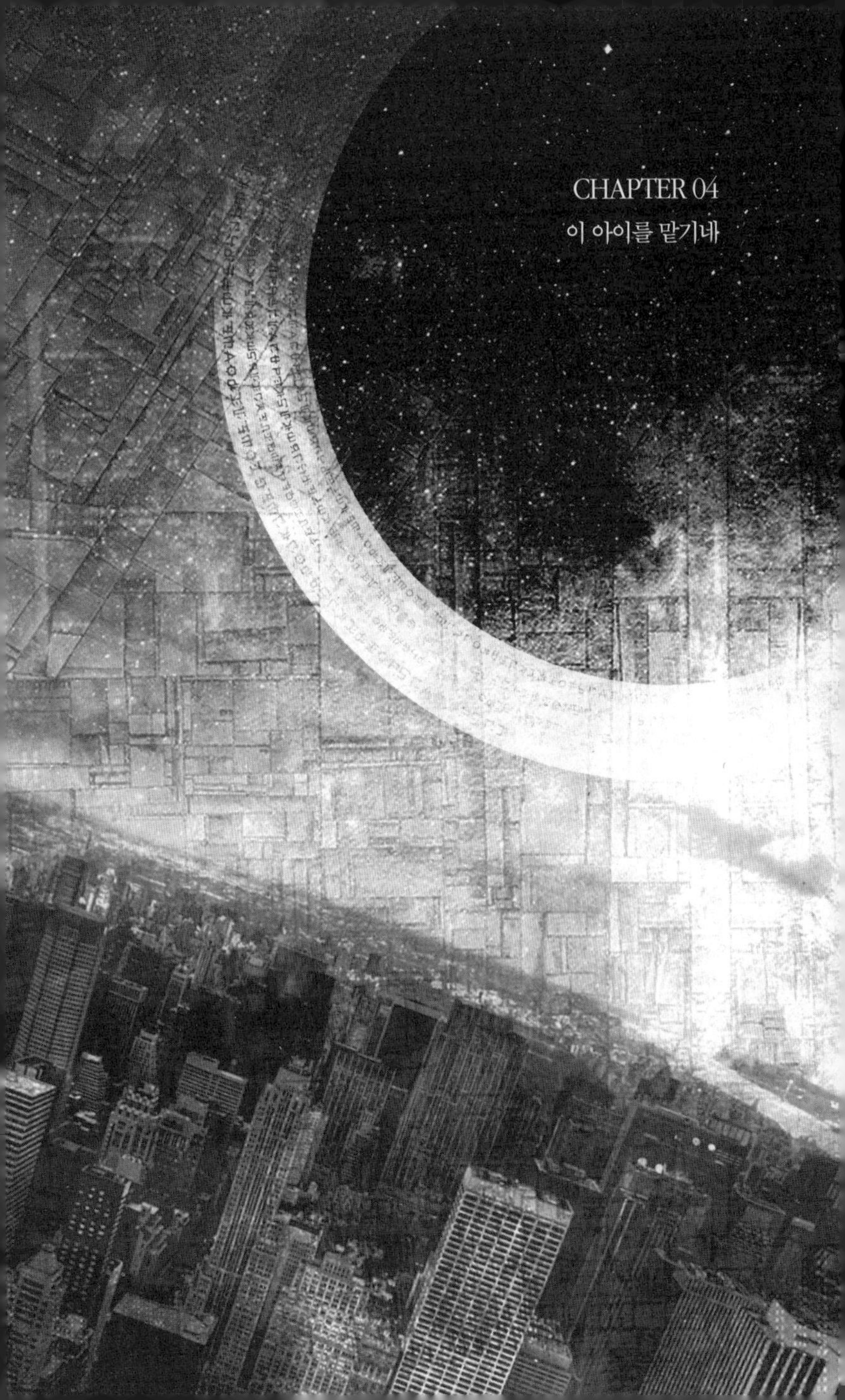

# CHAPTER 04
# 이 아이를 맡기네

"호, 혹시 서, 써큐버스(Succubus)?"

써큐버스는 여자 악령으로 잠자는 사내와 정을 통한다고 알려져 있다. 너무도 아름다운 외모를 가져 제아무리 심지 굳은 사내라 할지라도 써큐버스를 만나면 결국엔 정을 통하고 만다. 그렇게 사내의 정기를 야금야금 빼앗아간다.

반대로 꿈속에서 여성과 정을 통하는 남성체 악령은 인큐버스(Incubus)라 칭한다.

이 둘을 통칭하여 몽마(夢魔)라 부르는 것이다.

기사들이 다프네를 보고 써큐버스라고 추측한 이유는 두

가지이다.

첫째는 너무도 아름다운 외모 때문이다.

어찌 인간이 이처럼 아름다울 수 있겠는가 하는 의문에 몽마를 떠올린 것이다.

둘째는 안티 매직필드에서 돋아났기 때문이다.

몽마는 마법으로 어쩔 수 있는 존재가 아니다. 인간의 꿈에서만 나타나는 존재이기 때문이다.

그런데 지금은 어둑어둑한 저녁이다. 아직 잠들 시각은 아니다. 따라서 몽마는 결코 아니다.

"누, 누구십니까?"

다프네가 걸치고 있는 의복은 수많은 왕족이 거주하는 왕궁에서도 쉽게 볼 수 없는 것이다.

티아라, 목걸이, 팔찌, 반치, 귀고리, 브로치 등 어느 것 하나 평범하지 않다. 한눈에 보기에도 엄청 귀한 것이다.

왕이 왕비를 맞이할 때 입는 한껏 멋을 낸 예복 수준이다.

이러니 신분을 짐작할 수 없어 묻기만 할 뿐 액션을 취할 수 없는 것이다.

"대, 대체 누, 누구십니까?"

"나를 국왕에게 안내하라 했다."

"누, 누구신지 신분을 밝히셔야……."

기사 미테랑의 물음은 중간에 잘렸다.

"나는 라수스 협곡의 지배자 라이세뮤리안 옥타누스 카로 길라아지바랄이다."

"헉! 네? 누구요?"

"자, 잠깐만요. 누, 누구시라고요?"

기사들이 일제히 뒤로 물러선다.

라수스 협곡은 미판테 왕궁의 중심부에 위치해 있다. 이곳은 인간의 출입이 금지된 곳이다.

레드 드래곤 라이세뮤리안이 직접 선포한 일이다. 하여 국가의 균형 발전에 아주 큰 악영향을 끼치고 있다.

마음 같아선 공격을 해서라도 뜻을 접게 하고 싶다.

그런데 그러면 모두가 죽는다. 아주 끔찍한 결과가 예상되기에 엄두조차 내지 못한다.

그 이유가 바로 눈앞의 존재 때문이다. 어찌 놀라지 않겠는가! 하여 저도 모르게 다시 물은 것이다.

"네가 감히 내게 두 번 말을 하게 하려느냐?"

라세안이 존재감을 드러내자 기사들이 일제히 주저앉는다.

털썩털썩! 털썩-!

"위, 위대한 존재를 뵈옵니다."

"저, 저희를 용서하소서."

기사들 모두 돈수[5]하며 부르르 떤다. 감당조차 못할 너무

---

5) 돈수(頓首) : 머리가 땅에 닿도록 하는 절. 편지의 첫머리나 끝에 상대편에 대한 경의를 표하기 위하여 쓰는 말이기도 하다.

도 거대한 존재이기 때문이다.

"다시 말한다. 너희가 지금 내게 기다리게 하는 것이냐? 어서 나를 국왕에게 안내하라."

"네! 아, 알았습니다. 소, 소인을 따라주십시오. 제가 안내해 드리겠습니다."

용기를 내서 일어선 이는 기사 미테랑이다.

왕국법에 의하면 누구든 국왕을 알현하려면 사전에 내락을 받아야 한다.

그런데 지금은 그따위 국법을 적용할 수 없는 상황이다. 그렇기에 내전에 알리지도 않고 안내하려는 것이다.

"기사 호데른! 기사 마필드! 기사 데이빗! 내전으로 달려가 위대하신 분께서 오셨음을 알리도록!"

"존명!"

기사들은 더 물을 것도 없다는 듯 그대로 달려간다.

우다다다! 우다다다다다!

평상시라면 결코 보이지 않을 모습이다. 마치 꽁지 빠진 닭처럼 우르르 달려가고 있다.

"그럼 안내해 드리겠습니다. 가시지요."

"허험! 그래."

미테랑의 안내를 받아 미판테 왕궁 내부로 접어드니 상당히 공들여 가꾼 흔적이 역력하다.

그런데 사람이 하나도 보이지 않는다.

호데른과 마필드, 그리고 데이빗이 달려가면서 레드 드래곤 라이세뮤리안이 방문했음을 알려서 인적이 싹 끊긴 것이다. 포악한 레드 드래곤을 만났다간 자칫 목숨을 잃을 수도 있기에 얼씬도 않는 것이다.

"흐음! 번거롭지 않아 좋기는 한데, 그래도 이건……."

위대한 존재가 스스로 나타났는데 아무도 와서 절하는 이가 없자 슬슬 발작하려는 것이다.

"아버지."

"응?"

"다들 아버지가 두려운가 봐요."

"그거야 당연한 일이지. 내가 누구냐?"

"그래서 없는 거예요. 그러니……."

"알았다, 알았어. 가기나 하자."

다프네가 하려는 말을 짐작한다는 뜻이다.

그렇게 잠시 미테랑을 따라 걸어 들어가니 일단의 무리가 우르르 몰려나오고 있다. 선두의 인물은 머리 위에 관을 쓰고 있다. 미판테의 국왕이다.

"어, 어서 오십시오. 미판테의 왕 홀랜드 커드버리 폰 미판테가 위대하신 분을 영접합니다."

4서클 마법사이기도 한 국왕은 정중히 고개를 숙인다.

한 나라의 국왕이지만 수천 년을 사는 드래곤에 비하면 스스로 미천한 존재라 여기기 때문이다.

국왕의 곁에는 노회하게 생긴 노인이 서 있다.

"저는 재상 자리에 있는 에드가 롤랑 폰 갈리아 공작이옵니다. 뵙게 되어 무한한 영광이옵니다."

에드가는 6서클 마법사이다.

현수에 의해 절반이나 테세린 영지에 흡수당한 유카리안 영지의 영주 데니스 백작의 뒤를 봐주던 인물이다. 물론 정기적인 뇌물이 상납되었기 때문이다.

그렇기에 현수가 억류되어 있던 카이로시아를 내놓으라 했을 때 데니스가 제1권력자인 갈리아 공작에게 보냈다고 말한 것이다.

"저는 최고사령관인 할만 본조니 드 레비나 공작이옵니다. 위대하신 존재를 알현하옵니다."

소드 마스터이며 막심 에밀 드 츠로쉐 백작의 장인이기도 하다. 막심은 하렌 폰 케발로 자작의 영지를 집어삼키려 영지전을 선포했던 욕심 사나운 인물이다.

영지전이 벌어졌을 그때 라수스 협곡에서 엄청난 수의 몬스터가 쏟아져 나왔다. 라세안이 다프네에게 준 소변이 야기한 일이다.

그때 현수는 헬 파이어로 5천 마리의 오크와 200여 마리의 트롤, 그리고 150마리나 되는 오우거를 작살냈다.

이를 본 막심 백작군은 케발로 영지를 공격하기 위해 준비한 모든 공성무기를 팽개치고 허겁지겁 도망갔다. (전능의 팔찌 17권)

"저는 아르가니 에이런 판 포인테스 공작이옵니다."

현수 덕에 7서클 마법사가 되었고, 손녀인 케이트를 아내로 맞기로 하여 졸지에 공작이 된 사람이다.

미판테의 현자라 불리기도 한다.

"라이세뮤리안 옥타누스 카로길라아지바랄이다. 여기는 내 딸인 다프네 옥타누스 폰 라수스이다."

"아! 어서 오십시오. 미판테 왕국은 두 분을 열렬히 환영하는 바입니다. 자, 안으로 들어가시지요."

"그래, 그러지."

국왕의 안내를 받아 국사를 논하던 메인 홀로 들어갔다.

오늘은 미판테 왕국의 주요 국사를 논하기 위해 많은 귀족이 집결하여 회의를 하는 날이다.

그렇기에 공작, 후작, 백작이 거의 전원 모여 있다.

이들은 복도 양쪽에 서 있다가 라세안과 다프네가 지나가면 공손히 허리를 숙여 예를 갖췄다.

라세안은 당연하다는 듯 고개만 까닥거렸지만 다프네는 그럴 수 없었다. 하여 여기저기 머리를 숙여 답례했다.

"이쪽에 앉으시지요."

국왕이 안내한 자리는 옥좌와 같은 크기와 모양으로 만들어진 것으로 상석에 놓여 있다.

"흐음! 그러지."

라세안이 착석하고 다프네가 그 곁에 앉자 국왕도 앉는다.

하지만 아무런 말도 하지 않는다. 무슨 일로 왔느냐고 물을 수 없기 때문이다.

먼저 입을 연 건 라세안이다.

"이 아이는 내 딸 다프네이다. 라수스 협곡은 미판테 왕국에 있으니 이 아이 또한 미판테 사람이다."

맞는 말이긴 한데 왠지 으스스한 느낌이 든다. 하지만 대꾸하지 않을 수 없다.

"그, 그렇지요."

"이실리프 마탑주이자 이실리프 왕국의 국왕인 하인스 멀린 킴 드 셰울을 알고 있는가?"

"그, 그분께서 왕국을 선포하셨습니까?"

아직 이곳까지는 소문이 나지 않아 모르는 모양이다.

"그래, 그 친구가 파이렛 군도의 모든 해적을 제압했다. 그리고 그곳을 이실리프 왕국으로 선포하였다."

"허어! 그, 그분이 그러셨습니까?"

무시무시한 드래곤이 친구라고 칭하자 국왕은 입을 딱 벌린다. 상상도 못한 일이기 때문이다.

"이 아이는 그 친구의 아내가 될 것이다."

"……!"

"이 아이 말고도 미판테 왕국의 두 아이가 그 친구의 아내가 된다. 그건 알고 있나?"

국왕은 지체 않고 고개를 끄덕인다.

"그, 그럼요! 테세린 영지의 로잘린 로니안 드 테세린 공녀와 포인테스 영지의 케이트 에이런 판 포인테스 공녀가 그러합니다."

둘이 있기에 미판테 왕국은 이실리프 마탑과 아주 돈독한 관계가 된다. 그렇기에 자랑스럽다는 표정이다.

라세안이 말을 잇는다.

"미판테 왕국은 운이 좋다. 셋이나 그 친구의 아내를 배출했으니. 다른 제국이나 왕국은 하나도 없는 경우가 많다. 심지어 아드리안 왕국조차 그의 아내를 배출하지 못했다."

"그, 그럼요. 저, 정말 감사한 일이죠."

생각해 보니 정말 그러하다. 국왕은 괜스레 어깨가 으쓱해지는지 조금 전보다 한결 표정이 편해진다.

"이 아이를 이곳에 맡길 생각이다."

"네? 그게 무슨……?"

"장차 이실리프 왕국의 왕비가 될 아이이니 예법을 가르치고 교양을 쌓을 수 있도록 해주고 싶은데 라수스 협곡에선 불가능한 일이다. 어떤가? 맡아주겠는가?"

"…그, 그럼요! 맡겨만 주시면 최선을 다해……."

어찌 드래곤의 청을 거절한단 말인가!

게다가 들어주기 어려운 요구도 아니다.

드래곤의 요청은 무조건 들어줘야 한다. 그래야 만수무강에 지장이 없기 때문이다.

"고맙군."

짧게 대꾸한 라세안은 다프네에게 시선을 준다.

"이곳에서 가르치는 것을 배워라. 장차 그 친구가 너를 다시 볼 수 있도록."

"네, 아버지."

다프네는 공손히 고개를 숙인다.

하인스의 아내로 합당하기 위한 일인데 어찌 말을 듣지 않겠는가! 백 번이라도 시키는 대로 해야 한다.

라세안은 다시 국왕에게 시선을 준다.

"믿고 맡겨도 되겠지?"

"그럼요! 세상에서 가장 왕비다운 왕비님으로 탈바꿈시켜 드리겠습니다. 마음 놓으십시오."

"흠! 조금 마음에 드는군."

라세안은 고개를 끄덕인다. 그리고 말을 잇는다.

"좋아, 믿지. 나는 급한 일이 있어 이만 가네. 텔레포트!"

샤르르르르—!

이곳은 안티 매직필드 마법진이 중첩된 곳이다. 그런데 그따위는 아무런 상관도 없다는 듯 라세안의 신형이 사라진다.

'아차! 그 말을 못했네.'

국왕은 라수스 협곡의 출입 금지령을 풀어달라는 말을 하고 싶었다. 그런데 타이밍을 놓친 것이다.

잠시 당황하던 국왕은 이내 다프네에게 시선을 준다.

태어나 지금껏 수많은 여인을 보았다. 그런데 맹세코 다프네만 한 여인은 없었다. 공작가의 공녀가 된 로잘린과 케이트보다도 우아하고 더 교양미 넘쳐 보인다.

'허어! 정말 대단하군. 근데 대체 뭘 더 하라는 거지? 지금도 충분히 왕비 같은데.'

라세안은 다프네가 노예상인과 함께 있을 때 더 많은 돈을 받아내기 위해 여러 가지를 배운 것을 모른다.

그렇기에 다프네를 이곳에 맡긴 것이다.

어쨌거나 국왕은 골치가 아프다. 지금도 빼어난데 얼마나 더 뛰어나게 해달라는 건지 짐작이 되지 않기 때문이다.

* * *

다프네가 미판테 왕궁 수석시종의 뒤를 따라 여인들이 머무는 내전으로 향할 때 현수는 위기에 처해 있다.

"허헉! 이런 빌어먹을 놈들!"

계속된 격돌로 본신의 마나는 물론이고 켈레모라니의 비늘에 담긴 마나까지 거의 모두 소진된 상태이다.

아홉이나 되는 리치들은 현수와의 대결에서 마나가 소진되자 뒤로 빠졌다. 이놈들 때문에 현수는 보유하고 있던 마나의 절반을 써야 했다.

라이프 베슬이 어디에 있는지 알 수 없으니 제거를 해도 리스폰하여 재차 공격에 가담하니 미칠 노릇이었다.

아무튼 대결이 시작되었을 때 두 번의 멀티 스터리지 마법으로 33명을 아공간에 담았다.

이들을 제외하면 103명의 9서클 마법사가 있다.

지금은 98명으로 줄어 있다. 상당한 시간이 흘렀건만 겨우 다섯을 처리한 것이다. 공방이 계속되는 동안 조직적으로 대항하여 숫자를 더 줄일 수 없었다.

이들 이외에도 300명의 8서클 마법사가 더 있다. 지치면 교대하는 수법으로 차륜전을 벌이는 중이다.

"헉헉! 틈을 안 주네, 틈을."

3초 정도만 여유가 있으면 텔레포트를 할 수 있다. 그런데 그럴 틈조차 주지 않는다.

"이런 빌어먹을! 매직 캔슬! 매스 윈드 캐넌! 매스 아이스 스피어! 매스 매직 미사일! 매스 파이어 애로우!"

현수는 조금 전의 공격을 막은 배리어를 해제했다. 그리곤 반격을 개시했다. 이 순간 공격받은 자들이 일제히 방어 마법을 구현시킨다.

"배리어! 앱솔루트 배리어! 배리어! 앱솔루트 배리어!"

슈아아앙! 쐐에엑! 씨잉! 휘이익! 고오오! 쐐애엑!

티팅! 타타탕! 퍼펑! 타타타탕! 파파파팍! 피핑!

한쪽에선 방어에 정신이 없지만 다른 세 곳에선 무지막지한 공격을 시도한다.

"윈드 커터! 아이스 캐논! 매직 미사일! 디그 볼트! 라이트닝! 윈드 스피어! 프로즌 오브!"

슈아아앙! 쎄에엑! 휘잉! 고오오! 쐐에엑! 씨잉! 휘이익!

"앱솔루트 배리어!"

타타타탕! 파파파팍! 피핑! 티팅! 타타탕! 퍼펑! 타타타탕!

현수의 몸 밖에 생성된 앱솔루트 배리어를 두드리는 수없이 많은 화살과 번개는 별다른 효과 없이 스러졌다.

"매직 캔슬! 매스 매직 미사일! 매스 체인 라이트닝! 매스 윈드 커터! 매스 파이어 애로우!"

쎄에엑! 휘잉! 고오오! 쐐에엑! 슈아아앙! 쎄에엑!

"배리어! 배리어! 배리어! 배리어! 앱솔루트 배리어!"

파파파팍! 피핑! 티팅! 퍼펑! 타타타탕! 파파파팍! 피핑!

"윈드 커트! 체인 라이트닝! 아이스 볼트! 파이어 웨이브!"

"이런! 앱솔루트 배리어!"

티팅! 타타탕! 퍼펑! 타타타탕! 티팅! 타타탕! 퍼퍼펑!

공격과 동시에 방어막을 치지 않으면 만신창이가 될 상황이라 잠시도 쉬지 못하고 마법을 난사한다.

하지만 죽어 자빠지는 놈들은 하나도 없다. 마나만 서서히 소모될 뿐이다.

"이런 빌어먹을! 이제 끝인가?"

이제 체내의 마나도 거의 없고 켈레모라니의 비늘 또한 거의 마나가 소진되었다.

전능의 팔찌에는 현수가 위기에 처하면 자동으로 구현되는 앱솔루트 배리어를 구현시키는 기능이 있다.

그런데 그걸 가능하게 할 마나석은 이미 투명해진 상태이다. 모든 마나를 소진한 것이다.

"헉헉! 징그러운 놈들! 매직 캔슬! 매스 윈드 커터!"

위이잉! 위이이잉! 위잉! 위이이이잉!

수십 개의 바람의 톱날이 흑마법사들을 향해 쏘아져 간다.

"배리어! 배리어! 배리어! 배리어! 배리어!"

약아빠진 놈들은 이제 웬만해선 앱솔루트 배리어를 구현시키지 않는다. 마나 소모량이 크기 때문이다. 대신 마나 소모가 적은 배리어를 중첩시켜 같은 효과를 낸다.

티팅! 타타탕! 티티티팅! 파파팍! 피피피핑!

현수가 쏘아 보낸 윈드 커터가 배리어에 부딪쳐 소리를 낼 때 뒤쪽의 마법사들이 공격한다.

"윈드 캐논! 윈드 캐논! 라이트닝! 라이트닝!"

"제길! 안 되겠다. 아공간 오픈!"

아공간 열리자마자 다시 데이오의 징벌을 꺼냈다. 끝날 땐 끝나더라도 최후의 발악을 하려는 것이 아니다.

20m짜리 검강으로 놈들의 시선을 끈 후 텔레포트 마법으로 이 자리를 뜨려는 것이다.

찌잉! 찌이이잉—!

"야아합!"

20m짜리 검강이 허리춤을 베어오자 흑마법사들은 일제히 뒤로 물러난다.

마법이 아닌 직접적인 물리력 행사인지라 피하려는 본능적인 움직임이다. 개중엔 미처 피하지 못해 방어막을 구현시키는 자들이 있다.

"앱솔루트 배리어! 앱솔루트 배리어! 앱솔루트 배리어!"

타탕! 타타타탕! 파파팟! 티티티틱!

20m짜리 검강은 현수 주위 360°를 완전하게 쓸었다. 예상대로 놈들이 물러서며 잠시의 틈이 생긴다.

"텔레포트!"

샤르르—!

"커억—!"

의도한 텔레포트 마법이 구현되는 대신 신음이 터져 나온다. 본신의 마나가 부족하기 때문이다. 하여 자동으로 매직 캔슬이 되면서 내상을 입었다.

"놈이 부상을 입었다! 아이스 애로우! 윈드 캐논!"

쐐에에엑! 고오오오!

"으으! 배리어! 배리어!"

퍼억! 퍼퍼퍽! 퍼퍼퍼퍼퍼퍽—!

"크윽! 으으윽! 크아아악!"

두 개의 배리어가 형성되어야 정상인데 하나만 만들어진다. 그나마 적의 공격이 가해지자 깨져 버린다.

그러자 윈드 캐논이 현수의 몸을 강타한다. 그랜드 마스터이니 저절로 뿜어져야 할 호신강기가 막아주어야 한다.

그런데 마나가 고갈되어 강기가 형성되지 않자 그대로 모든 공격이 현수의 몸을 강타한다. 하나같이 강력한 공격이었는지라 당연히 비명이 터져 나온다.

"드디어 놈이 부상당했다! 모두 공격!"

"라이트닝! 파이어 애로우! 파이어 랜스! 윈드 캐논! 에러오 붐! 록 스피어! 인페르노! 플라즈마 볼! 록 블래스터!"

98명의 9서클 마스터와 300여 명의 8서클 마법사가 일제히 마법을 난사한다. 그 대상은 현수이다.

사방팔방으로부터 어마어마한 숫자의 마법 공격이 쇄도하고 있건만 현수는 앱솔루트 배리어는커녕 쉴드를 구현시킬 마나조차 없는 상황이다.

"으으! 이, 이놈들!"

마탑주이고 그랜드 마스터이지만 이 공격을 막지 못하면 틀림없이 죽을 것이다. 그런데 막을 방법이 없다.

하여 현수는 두 눈을 질끈 감았다.

그 순간 온갖 장면이 뇌리를 스친다.

학교 다닐 때 등록금을 벌려고 여대 앞 히야신스라는 레스토랑에서 알바를 하던 장면이 먼저 떠오른다.

그때 많은 여대생이 관심을 보였다. 사귀자고 말만 하면 그렇게 될 수 있는 상황도 많았다.

하지만 학자금을 벌기 위해 알바를 하지 않으면 곤란하다. 한가롭게 연애나 하고 있을 여유가 없어 모르는 체했다.

다음으로 떠오른 장면은 천지건설에 입사한 직후의 장면이다. 세상을 다가진 것 같은 기쁨을 느꼈다.

다음은 연희와의 즐거운 산행이다. 주말마다 이 산 저 산 다녔다. 그때 저렇듯 아름다운 여인의 짝이 되었으면 좋겠다는 생각을 했다. 희망사항이었다.

그 후 덕항산 동굴에서 전능의 팔찌를 얻었고, 꿈속에서 마법을 배웠다.

이 사건을 기점으로 전혀 다른 인생을 살게 되었다.

아르센 대륙에선 이실리프 마탑주가 되어 존경과 흠모를 한 몸에 받았다. 해적들을 소탕한 후 이실리프 왕국을 선포하여 스스로 국왕이 되었다.

게다가 카이로시아와 로잘린, 스테이시와 케이트, 그리고 다프네를 아내로 맞이할 예정이다.

지구에선 엄청나게 성공한 직장인이자 사업가가 되었다.

콩고민주공화국과 몽골, 그리고 러시아와 에티오피아에 광활한 자치령을 얻었다.

그리고 권지현, 강연희, 그리고 이리냐의 남편이 되었다. 특히 지현과 연희는 아이를 잉태하고 있다.

시간이 조금만 더 흐르면 아빠가 된다.

그런데 지금 무방비 상태에서 적의 공격을 당하고 있다. 앞으로 10초 이내에 목숨이 끊어질 것이다.

죽음 앞에 초연할 수는 없지만 그래도 의연하자는 뜻에서 두 눈을 질끈 감은 것이다.

파팍! 파파팍—! 빠직! 우드득! 파파파파파팍!

"크윽! 커흑! 으윽! 헉! 큭! 으악! 캐액!"

가장 먼저 현수의 몸을 강타한 것은 윈드 캐논이다.

뼈 부러지는 소리를 들은 것 같다. 그 순간 저도 모르게 비명을 질렀다. 이제 곧 라이트닝 마법이 작렬할 것이다.

수백 개에 이르는 번개에 맞고 어찌 살겠는가!

하여 더 세게 눈을 감았다. 그 순간이다.

버언쩍—!

수없이 많은 번개에 싸여 있던 현수로부터 빛이 나는가 싶더니 홀연히 사라졌다.

"앗! 놈이 사라졌다!"

"즉시 수색하라! 놈이 사라졌다!"

곧 시체가 되어야 할 현수가 사라지자 로렌카 제국의 흑마법사들은 사방을 살피기에 여념이 없다.

블링크나 텔레포트 마법을 쓴 것으로 여긴 것이다. 하여 좌표를 확인하는 등 법석을 떤다.

무방비 상태로 있던 현수의 신형이 갑자기 사라진 것은 팔목에 채워져 있던 전능의 팔찌 때문이다.

이 팔찌엔 소유자가 절체절명의 위기에 처했을 때 강제로 소환시키는 마법진이 있다.

지금껏 단 한 번도 사용되지 않던 것이다.

현수의 몸에서 마나 고갈 현상이 빚어지고 외부로부터 강력한 타격을 입어 신체 장기가 일제히 진탕된 상황이다.

그러자 마법진이 저절로 작동되어 현수의 신형이 사라진

것이다.

로렌카 제국의 흑마법사들이 산지사방을 뒤질 때 바세른 산맥 깊숙한 곳에 위치한 동굴 속에 환한 빛이 뿜어진다.

버언쩍―!

쿵―!

엄청난 빛이 뿜어지는가 싶더니 기절한 현수가 바닥으로 떨어진다. 상당히 많은 뼈가 부러지는 심각한 부상을 당해 정신을 잃은 것이다.

오토 워프 마법이 구현된 것이다. (전능의 팔찌 1권)

만일 기절하지 않은 상태였다면 마법진이 구현되지 않아 흑마법사들의 공격에 목숨을 잃었을 것이다.

원래대로라면 미미한 소리와 더불어 팔찌에서 다시 한 번 빛이 뿜어지고 곧이어 컴플리트 힐 마법이 구현되어야 한다.

그 즉시 손상을 입은 장기와 부러진 뼈들이 급격히 아문다. 그런데 이런 현상이 빚어지지 않는다.

전능의 팔찌에 박힌 마나석이 투명한 때문이다.

전투에 집중했기에 현수 본인은 모르지만 대결 중에 여러 번 부상을 당했다. 그때마다 컴플리트 힐 마법이 구현되어 상처를 치유시켰다.

그 결과 마나가 모두 소진되었다. 그렇기에 컴플리트 힐 마법을 구현시킬 마나석은 완벽한 투명 상태이다.

이 상태라면 간신히 적들로부터 몸은 뺐지만 부상으로 인해 사망을 면치 못한다. 그런데 현수의 팔뚝에서 기이한 소리가 나기 시작한다.

좌르륵! 좌르르륵!

팔목에 채워져 있던 전능의 팔찌는 폭 10㎝, 직경 15㎝, 두께 1㎝ 정도 되는 속이 빈 원통형 물체이다.

팔찌치곤 두껍다.

그런데 이것이 변형을 일으킨다. 마치 낚싯대가 늘어나듯 그렇게 양쪽으로 약 5㎝ 정도씩 늘어난다.

새롭게 드러난 면에는 복잡한 도해가 그려져 있다. 비상시를 대비한 멀린의 안배이다.

다음 순간 또 한 번 기묘한 소리가 난다.

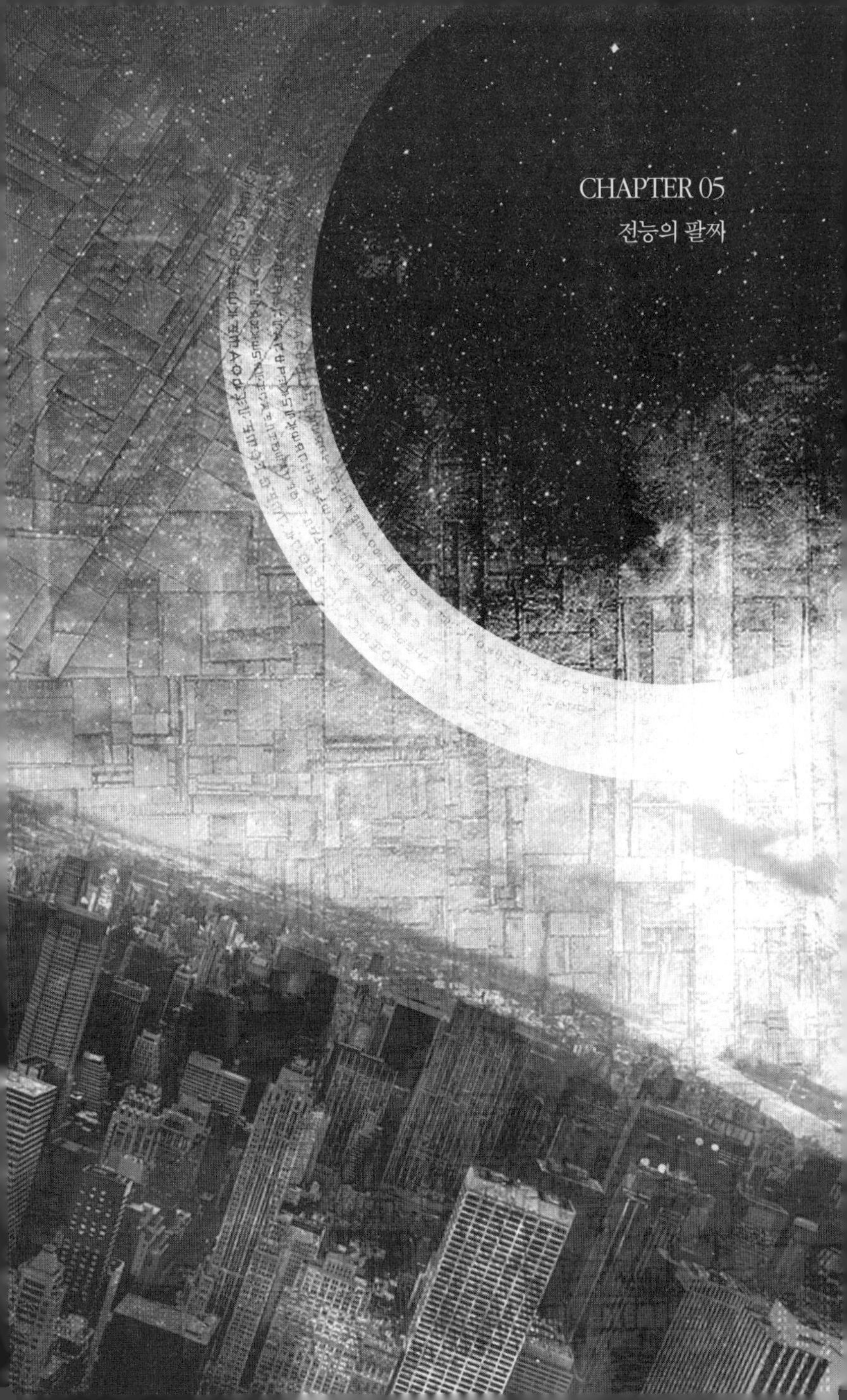

# CHAPTER 05
## 전능의 팔자

파앗! 피리리링!

빛이 뿜어져 나와 현수의 전신을 감싼다. 체온이 급격하게 내려감과 동시에 신진대사 기능이 거의 멈춰 버린다.

원래는 앱솔루트 배리어 마법이 구현되어야 한다. 그런데 이것을 구현시킬 마나석 또한 투명하다.

하여 보호막이 없는 상태이다. 그렇다 하여 누군가로부터 공격을 당하거나 하지는 않는다.

이곳은 스승인 멀린이 노후를 보낸 레어이다. 누군가의 침입을 대비한 만반의 조치가 취해져 있다.

현재 이곳은 아무것도 없는 텅 빈 공간이며, 어느 누구도 침입할 수 없는 절대 안전지대이다.

어쨌거나 늘어난 팔찌에서 미약한 빛이 흘러나온다.

이 팔찌에 새겨진 마법진 가운데 오토 리차지 마법진이 작동하기 시작한 것이다.

마나석들이 갖고 있던 마나를 잃으면 그만큼을 채워주는 것이 이 마법진의 존재 이유이다.

그런데 여러 개가 투명한 상태이다.

차원이동에 사용되는 것과 통역 마법에 필요한 것만 원래의 색일 뿐이다.

오토 리차지 마법진은 주변의 마나를 끌어당긴다.

이것이 전능의 팔찌로 다 스며들면 좋은데 현수의 체내와 켈레모라니의 비늘로 나뉘어 들어간다.

그렇기에 컴플리트 힐 마법이 제대로 구현되지 못하고 있다. 어쨌거나 팔찌는 가끔가다 반짝일 뿐이다.

이런 상태로 시간이 흐른다.

하루, 이틀, 사흘, 나흘…….

한 달, 두 달, 석 달, 넉 달…….

봄, 여름, 가을, 겨울, 봄, 여름…….

"으으! 으으으!"

현수의 입에서 나직한 신음이 흘러나온다. 그리고 잠시 후 두 눈을 뜬다.

반짝—!

"여긴……? 아! 스승님의 레어구나. 휴우! 다행이야."

현수는 눈에 익은 장소를 발견하곤 안도의 한숨을 내쉰다.

흑마법사들의 대결에서 마나 고갈로 삶을 포기한 그 순간 전능의 팔찌가 자신을 살린 모양이다.

"휴우~! 스승님 덕분에 살았구나."

현수는 스승이 남긴 안배 덕분에 두 번 살 수 있었음을 모른다.

첫째는 기절하면 작동되는 오토 워프이다. 덕분에 흑마법사들의 엄청난 공격에서 벗어날 수 있었다.

그런데 이것만 있었다면 레어에 당도하여 부상으로 신음하다 죽었을 것이다. 컴플리트 힐이 구현되지 않은 때문이다.

이때 팔찌가 늘어나면서 감춰뒀던 마법진이 가동되었다.

체온을 낮추면서 신진대사 기능을 극도로 느리게 제어하는 마법이다.

이 상태에서 오토 리차지 마법진은 마나를 모았다. 원래대로라면 며칠이면 컴플리트 힐을 쓸 만큼 모여야 했다.

그랬다면 부상을 입은 모든 부위가 말끔하게 치료되었을 것이다.

그런데 현수의 체내와 켈레모라니의 비늘이 텅 빈 상태라 이걸 같이 채웠다. 문제는 이걸 채우는 데 필요한 마나의 양이 어마어마하게 많았다는 것이다.

어쨌든 컴플리트 힐은 구현되었다.

시간이 아주 많이 걸렸을 뿐이다. 만일 스승인 멀린이 신진대사를 늦추는 메타볼리즘 딜레이(Metabolism delay) 마법을 만들어놓지 않았다면 벌써 죽었을 것이다.

여러모로 감사를 표해야 할 일이다.

아무튼 긴 시간이었지만 현수에겐 여러모로 유익했다.

우선은 심각한 부상이 말끔하게 치유되었다. 다음은 휴먼 하트와 켈레모라니의 비늘에 마나가 완충되었다.

마지막 한 번 더 신체가 재구성되었다. 이는 신진대사가 극도로 늦춰지지 않으면 이루어질 수 없는 것이다.

덕분에 전에도 완벽했지만 이번엔 더욱 완벽해졌다.

수명은 약 200년가량 더 늘어났다. 하여 1,500살까지 살게 되었다. 남들에 비해 월등히 긴 수명인데 좋은 건지 아닌지는 살아봐야 알 것이다.

한 가지 확실한 것은 많은 이별을 지켜봐야 한다는 것이다. 사랑하는 아내들은 물론이고 아들과 딸, 그리고 손자와 손녀 등이 모두 본인보다 먼저 세상과 작별하게 될 것이다.

"끄응! 몸이……."

아무리 신진대사를 늦췄다 하더라도 에너지 소모가 전혀 없는 것은 아니다. 하여 현수의 몸은 완전히 말라 있다.

일단은 적절한 섭생이 필요할 듯하다.

"아공간 오픈!"

물을 꺼내 한 모금을 들이켰다. 그리곤 노트북을 꺼내 부팅을 시켰는데 켜지지 않는다.

배터리가 완전히 방전된 모양이다.

"으응? 이게 왜 이러지? 이런 적이 한 번도 없는데."

현수가 반쯤 식물인간 상태로 있던 기간은 정확히 2년 하고도 8개월 21일이다.

방전되는 게 당연하다.

하지만 현수는 이런 사실을 모르기에 고개만 갸우뚱거리곤 음식을 꺼내 먹었다. 그리곤 수면을 취하려 했다.

그런데 잠이 오겠는가!

눈을 감아보지만 말똥말똥하기만 하다.

할 수 없이 아공간의 서적들을 꺼내 읽었다. 우선은 로렌카 제국 황태자 서고에 있던 2,000여 권의 마법서이다.

적에 대해 많이 알아야 하기 때문이다.

"빌어먹을 놈들! 반드시……."

생각만 해도 치가 떨린다. 드래곤 하트 두 개 분량의 마나를 모두 썼지만 차륜전을 이겨내지 못했다.

마지막엔 온몸을 걸레 짜듯 쥐어짜는 듯한 극심한 피로까지 느꼈다. 그랜드 마스터가 된 이후 단 한 번도 느껴보지 못한 극도의 피로감이었다.

죽이지 않으면 죽는다는 정신력이 없었다면 단번에 고꾸라져 깊은 잠에 빠져들 만큼 힘든 시간이었다.

이제 적의 마수로부터 빠져나왔다. 철저히 준비하여 작살을 내줘야 한다. 하여 현수는 이를 갈며 마법서들을 살폈다.

그러던 중 문득 생각난 것이 있어 다시 아공간을 뒤졌다.

예상대로 터번스 백작의 저택 서고엔 상당히 많은 마법서가 있었다. 거의 1,000여 권이니 개인이 소장한 것치고는 엄청나게 많은 양이다.

두 곳의 마법서들을 비교하며 검토하던 중 알리 브앙카 공작이 남긴 비망록을 발견했다.

아르센 대륙을 최초로 방문한 마인트 대륙 사람이다.

그런 그의 3대손이 바로 윈스턴 브앙카 공작이고, 그의 사위가 바로 터번스 토리안 백작이다. 그렇기에 알리 공작의 비망록이 터번스 백작의 서가에 꽂혀 있었던 것이다.

현수는 이것을 읽던 중 분통이 터져 책을 집어 던질 뻔했다.

알리 공작이 아르센 대륙에서 영광의 마탑주를 죽이고 강탈해 간 마법서가 있었기에 로렌카 제국의 마법이 급속도로 발전했다는 내용 때문이다.

아르센의 마법은 마인트의 마법을 획기적으로 발전시켰다. 그런데 그들은 장차 아르센을 먹으려 한다.

그러기 위해 지난 300년간 죽은 인간의 시신을 거의 모두 모아두고 있다. 구울과 좀비로 쓰기 위함이다.

이는 사내들의 시신이 그러하다는 것이다.

여자들의 시신은 거의 모두 흑마법의 재료로 소모되었다. 그리고 흑마법사들을 위한 식량이 되었다.

사람의 고기는 다른 짐승들과 달리 간이 배어 있다고 한다. 그래서인지 흑마법사들은 다른 고기보다 인육을 더 많이 먹는다.

그리고 여인의 시신 가운데 일부는 지극히 변태적인 대상이 되어 죽은 후에도 편히 쉬지 못하고 모욕당했다.

알리 공작이 기록한 비망록에 있는 내용이다.

"이런 빌어먹을 놈들! 꼭 죽여야겠군."

인간 말종의 집합체라는 것을 확인하곤 나직이 이를 갈았다. 이런 것들은 살려둘 이유가 없다 생각한 것이다.

어쨌거나 마법서들을 살펴보았다. 그 결과 하나의 결론을 내릴 수 있었다.

마인트 대륙의 마법사 가운데 4서클 이상은 모조리 제거 대상이라는 것이다. 3서클까지의 마법은 아르센의 그것과 별로 다르지 않으니 제거 대상에서 제외하였다.

"다행이군. 싸미라의 부친 드마인 백작은 제거하지 않아도 되니."

싸미라는 더할 수 없이 겸손하고 순종적인 모습을 보여주던 여인이다. 그런 그녀의 부친이니 반드시 죽여야 할 이유가 있는 게 아니라면 그러고 싶지 않았다.

"좋아, 4서클 이상은 깡그리 갈아 마셔주지."

마인트 대륙의 마법서들을 살핀 후엔 이실리프 마법서를 다시 한 번 탐독했다.

그러다 문득 깨달은 것이 있다.

앱솔루트 배리어를 구현시키지도 않았고 타임 딜레이 마법 또한 시전하지 않아 시간이 마냥 흘렀다는 것이다.

곰곰이 생각해 보니 거의 보름이란 시간이 지났다. 마인트 대륙에서 오토 워프된 지 2년 9개월 6일이 지난 것이다.

"이런 젠장! 그렇지 않아도 시간이 꽤 많이 흘렀는데. 끄응! 집에서 엄청 기다리겠군."

현수는 지현과 연희, 그리고 이리냐를 떠올렸다. 소식이 없었으니 몹시 궁금해할 것이다.

지구는 아르센 대륙과 달리 통신이 발달되어 있다. 그러니 어디에 있든 연락할 마음만 먹으면 금방 연결된다.

그럼에도 두 달이 넘는 동안 한 번도 연락을 안 한 것이 마음에 걸린다.

"일단 차원이동부터 해야겠군."

현수는 꺼내놓은 것들을 모두 아공간에 담았다. 그리곤 곧장 지구로 귀환했다.

"마나여, 나를 지구로……. 트랜스퍼 디멘션!"

샤르르르르르릉—!

바세른 산맥의 어느 깊은 동굴 속에서 현수의 신형이 스르르 흩어졌다.

* * *

"흐음! 왔군."

이곳은 눈에 익다. 킨샤사에 소재한, 프랑스어로 Ville de l'Ange(천사의 마을)이라 불리는 곳의 옥상이다.

"연희는 잘 있겠지. 쩝! 너무 오랜만에 왔다고 혼나는 건 아닌지 모르겠네."

나직이 중얼거린 현수는 아래층으로 내려갔다. 그런데 웬 여인의 음성이 들린다. 하여 움직임을 멈췄다.

"어머, 철아. 그러면 안 돼. 그러지 마."

"히잉! 나 이거 갖고 놀고 싶단 말이야."

웬 아이의 음성이 들린다. 현수가 계단참에서 슬쩍 고개를 내밀어보니 네다섯 살쯤 된 사내아이가 보인다.

"누구지? 누가 왔나?"

현수는 고개를 갸웃거렸다.

서울이라면 모를까, 이곳은 킨샤사이다. 어린아이를 데리고 방문할 사람은 거의 없다.

"엄마는 우리 철이가 이러는 거 마음에 안 드는데, 철이는 왜 이렇게 고집을 부릴까?"

"히잉! 그래도 이거 타고 싶단 말이야."

"철이 어제도 그거 타다 떨어져서 다쳤잖아. 근데 또 타고 싶어? 오늘 또 아야 할 거야?"

현수는 대체 뭣 때문에 그러나 싶어 고개를 좀 더 빼보았다. 거기엔 네다섯 살쯤 된 아이와 조금 큰 자전거가 있다.

"싫어, 싫어! 나 이거 타고 싶단 말이야!"

철이라 불린 아이가 몸을 좌우로 흔든다. 이때 아이를 잡는 손이 있다.

"요 녀석, 잡았다. 이건 조금 더 커야 탈 수 있는 거야. 세발자전거도 있잖아. 그러니까 그거 타자. 응?"

"……!"

여인의 얼굴을 발견한 현수는 얼음처럼 굳어버렸다. 놀랍게도 아이의 엄마는 연희였다.

'웬 아이지? 설마 나랑 결혼하기 전에 애를 낳은 거야? 그렇지 않고야 저렇게 큰 아이가 있을 수 없잖아.'

뇌리를 스치는 불길한 상념이다. 이때 뭔가가 이상한 점이 눈에 뜨인다.

'헐! 왜 이렇게 날씬해? 임신 중이었는데. 지금쯤이면 배가 많이 불러야 하는데 어떻게 된 거지?'

현수는 자신이 아주 오랜 기간 동안 식물인간과 다름없는 상태였다는 걸 아직 인식하지 못하고 있다.

마인트 대륙에서 레어로 오토 워프된 후 불과 수 시간 만에 깨어난 것으로 알고 있다.

현수는 혹시 잘못 보았나 싶어 연희를 더 자세히 살펴보았다. 혹시 연희를 닮은 여인이 아닌가 싶은 것이다.

그런데 아니다. 연희 같은 미인은 또 있기 힘들다.

'뭐지? 뭐야? 뭐가 어떻게 된 거야? 저 아이는 누구지? 왜 연희더러 엄마라 하지? 뭐야? 대체 뭐야?'

순식간에 수많은 상념이 뇌리를 스친다. 하지만 뭔지 알 수가 없었다.

'에라, 모르겠다. 내려가서 물어보자.'

생각을 정리한 현수는 계단을 딛고 아래로 내려갔다. 인기척을 느끼고 고개를 들던 연희의 움직임이 그대로 멈춘다.

"…세, 세상에! 자기야!"

"잘 있었지?"

현수는 멋쩍은 웃음을 지었다. 두어 달 만에 온 것이라 생각한 때문이다.

"뭐라고요? 대체… 대체 어디에서 뭘 했기에… 3년이 넘도록 연락 한 번 없었던 거예요?"

"3년? 3년이 넘었다니?"

"뭐예요? 시간이 얼마나 흘렀는지조차 몰랐단 말이에요?"

연희는 어이없다는 표정이다. 이때 아이가 치맛단을 잡고 묻는다.

"엄마, 이 아저씨 누구야?"

현수는 방금 들은 말이 있기에 아이에게 시선을 주었다. 그러고 보니 자신을 닮은 것 같다.

"설마… 이 아기가……?"

"철아, 인사드려. 아빠야."

"아빠? 정말 아빠? 정말 아빠가 오신 거야?"

아이는 반색하며 눈빛을 반짝인다.

"그래, 네 아빠다. 3년이 넘도록 연락 한 번 없던."

연희는 문득 화가 났다.

현수가 어디가 아주 심하게 아프거나 불의의 사고를 당했을지도 모른다는 생각에 매일매일 눈물을 흘렸다.

그런데 너무나 멀쩡하다. 게다가 시간이 얼마나 지났는지 모른다는 듯 천연덕스런 모습이다.

"정말 3년이 넘는 시간이 흐른 거야?"

"설마 세월 가는 것도 몰랐단 말은 아니겠죠? 내 속을 새까맣게 다 태워놓고… 흐흑! 흐흐흑!"

"아저씨! 엄마 울어. 어디 아야 했나 봐. 호 해줘."

"응? 그래, 그래. 알았어."

연희를 달래기 위해 다가서자 와락 품에 안긴다. 그리곤 폭포수 같은 눈물을 흘린다.

"아앙! 나는, 나는 자기가 잘못된 줄 알고, 흐흑! 흐흑! 대체 어디에서 뭘 했기에… 흐흑! 나 같은 건 잊은 줄 알고… 흐흑! 흐흐흑! 미워요. 흐흐흑!"

"미안, 미안. 정말 몰랐어. 시간이 얼마나 흘렀는지 알 수 없었거든. 미안해. 정말 미안해."

"흐흑! 대체 무슨 일이 있었던 거예요? 어디 많이 아팠어요? 다친 덴 없는 거죠? 그죠? 흐흐! 난 자기가 너무 걱정돼서… 흐흑! 정말 미칠 뻔했어요. 흐흐흑!"

"이런……."

무슨 말을 더 하겠는가!

연희는 온 마음을 다해 자신을 걱정해 주었다. 그런데 아무런 연락도 안 했다. 그러고 보니 출산도 혼자 했다.

부모님께서 계시기는 하지만 남편과는 다르다. 얼마나 서운했을지 생각하니 진짜 미안하다.

하여 연희를 꽉 껴안고 등을 다독였다.

"미안해. 정말 미안해. 뭐라 할 말이 없네. 미안해."

이때 바짓가랑이를 잡아당기는 손길이 있다.

"아저씨, 아저씨가 정말 우리 아빠예요?"

"…그래, 내가 네 아빠야. 이름이 철이라고 했지?"

"응! 할아버지가 지어주신 이름이래."

철이는 처음 보는 아빠가 신기한지 여기저기 만져본다.

현수는 한 손으로 연희를 다독이면서 다른 한 손으로 아이를 안아 올렸다.

"그랬구나. 철이는 아빠 보고 싶었어?"

"응. 엄마가 매일매일 아빠 내일 오신다고 했거든. 근데 진짜 온 거예요?"

철이는 고사리 같은 손으로 현수의 얼굴을 만지면서 신기해한다. '이게 꿈이야 생시야?' 하는 표정이다.

"미안. 아빠가 조금 늦게 왔지?"

"응, 근데 괜찮아. 이렇게 왔으니까 됐어. 근데 이제 어디 가면 안 돼. 나랑 놀아줘야 하니까. 알았지?"

말을 마치곤 아무 데도 못 간다는 듯 현수를 꼭 껴안는다. 아빠를 많이 보고 싶던 모양이라 울컥하는 기분이 든다.

"그래, 그래. 아빠가 철이랑 놀아줘야지. 근데 엄마가 많이 운다. 먼저 엄마 뚝 시키고 놀자. 알았지?"

"응. 울 엄마 뚝 해야 해. 너무 많이 울면 기진맥진한대."

"와! 우리 철이 똑똑하구나. 근데 기진맥진이 뭔지 알아?"

어린아이가 쓸 어휘가 아니기에 물은 말이다.

"응. 기진맥진은 지쳐서 기운이 하나도 없는 거잖아. 아빤 그거도 몰라? 엄마가 가르쳐 줬는데."

현수는 자신을 쏙 빼어 닮은 철이를 보며 잠시 말을 끊었다. 뭐라 형용할 수 없는, 단 한 번도 느껴보지 못한 그런 기분이 든 때문이다.

"흐흑! 흐흐흑! 이제 왔으니까 됐어요. 흐흐흑!"

연희는 현수의 품에 안겨 하염없이 운다.

현수로부터 연락이 끊기고 일주일쯤 지났을 때까지는 바빠서 그런가 보다 했다. 보름이 지나고 한 달 가까이 지나자 이상하다는 기분이 들었다.

이렇게 오랫동안 연락을 안 할 사람이 아닌 때문이다. 하여 산지사방으로 전화를 걸어 수소문을 했다.

지현도 이리냐도 현수의 행방을 모르긴 마찬가지였다.

이실리프 의료원 건설을 총괄하기 위해 빈관에 머물던 주영 역시 모르고 있었다. 하여 이실리프 계열사 전부에 전화를 걸어 현수를 찾았지만 오리무중이었다.

천지건설에서도 현수의 행방을 모른다고 했다.

다른 이들과 달리 현수는 출퇴근이 자유롭고 회사에 업무 보고를 해야 하는 입장도 아니다. 그렇기에 뭔가 새로운 일을 수주하기 위해 동분서주하는 정도로 알고 있었다.

배는 점점 불러오는데 아이 아빠는 실종 상태이다. 어떤 산모가 마음이 편하겠는가! 걱정이 태산이었다.

이즈음 주영이 섭외한 세계 각국의 의료진이 속속 킨샤사에 당도했다.

내과, 외과, 소아청소년과, 산부인과, 영상의학과, 마취통증의학과, 진단검사의학과, 병리과, 정신건강의학과, 안과, 피부과, 치과 등의 권위자들이 속속들이 모여든 것이다.

뿐만이 아니다. 한의사도 다수 지원하였다.

이들은 코리안 빌리지의 성자, 까마귀 마을의 성자, 그리고 모든 의료기관이 포기한 환자를 완치시킨 기적의 사나이 현수 때문에 몰려든 것이다.

이들에겐 미라힐 I 과 미라힐 II 에 대한 사용권이 주어졌다. 회복 포션을 복제 후 희석한 이것은 정말 놀라운 효능을 가졌다. 외상은 흔적도 없이 아무는데 회복 속도가 경이적이다.

이것들을 복용하면 웬만큼 중한 병이 아니라면 거의 완치되었다. 그야말로 기적의 치료제이다.

대체 무엇으로 어떻게 만들었는지 모르지만 미라힐 시리즈가 있어 의사들은 기분이 좋았다. 웬만하면 환자들이 죽어나가는 모습을 보지 않게 된 때문이다.

어쨌거나 정식 건물이 지어지기 전에 저택 앞엔 임시진료

소가 세워졌다. 그리고 진료가 시작되었다.

가장 먼저 시작한 것은 산부인과이다. 지현과 연희, 그리고 이리냐가 우선이었기 때문이다.

권지현은 출산을 위해 휴직하고 이곳으로 왔다. 이리냐도 도착했다. 그녀 역시 임신을 했던 것이다.

세 여인은 사라진 남편을 걱정하며 많은 눈물을 흘렸다. 하지만 내내 슬퍼만 한 것은 아니다.

태교를 위해 일부러 즐거운 시간을 갖으려 노력했다. 어쨌거나 그렇게 하여 출산일이 다가왔다.

먼저 연희가 아들을 낳았다. 며칠 후 지현도 아들을 출산했고 이리냐는 한 달 정도 지난 후 딸을 낳았다.

현수의 부모님 등은 손주들을 안고 흐뭇한 미소를 지었다.

이들은 현수가 바빠서 연락도 못하고 오지도 못하는 것으로 알고 있다.

"고연 놈. 그래도 제 새끼를 낳을 때는 코빼기라도 비춰야지, 어떻게 이렇게 무심할 수 있어?"

"맞아요. 현수 걔가 이렇게 무책임한 앤지 이번에 처음 알았어요. 오기만 하면 혼쭐을 내줍시다."

부모님의 말을 받은 것은 천지건설 이연서 회장이다.

"하하! 그래도 이렇게 예쁜 손주들을 보셨으니 된 거 아닙니까? 뭔 일이 있어서 그런 거겠지요."

현수가 천지건설 일 때문에 바쁜 줄 알고 짐짓 쉴드를 쳐주는 것이다.

"어머! 얘 좀 보세요. 눈이 정말 예뻐요."

이리냐의 모친 안나 여사가 한 말이다. 이리냐가 낳은 딸을 바라보는 눈에는 사랑이 가득 담겨 있다.

"얘는요. 어머, 어머! 발길질을 세게도 하네요."

지현의 품에 있던 아이를 받아 안은 이숙희 여사는 보통 아이들보다 발육이 좋은 손자가 마냥 귀엽다는 표정이다.

곁에는 권철현 전 고검장이 있다. 지금은 콩고민주공화국 이실리프 자치령의 행정수반을 맡아 열정적으로 보내고 있다.

반둔두와 비날리아 두 지역을 동시에 개발하려니 몸은 바쁘지만 정신적으론 아주 안정적이다. 정책에 반대하는 사람이 거의 없고 뒤에서 헐뜯는 이도 없기 때문이다.

고대 바빌론엔 함무라비 법전이라는 것이 있었다.

우리가 잘 알고 있는 '눈에는 눈, 이에는 이' 라는 동해보복법(同害報復法)이 이 법전의 주요 내용이다.

현재 이실리프 자치령들은 일시적으로 '두 배 보복법' 을 시행하는 중이다.

예를 들어, 누군가를 폭행하여 전치 4주의 부상을 입힌다면 전치 8주 진단이 나올 정도로 두들겨 팬다.

사기를 쳐서 돈을 100만 원쯤 편취했다면 원금 100만 원은 물론이고 추가로 200만 원을 변상토록 한다.

한국에서처럼 돈 좀 있다고, 혹은 지위가 좀 높다고 갑질을 하면 공개적으로 개망신을 준다.

이곳은 한국과 다른 곳이니 가능한 일이다.

나쁜 놈과 범죄자, 인성 고약한 것들까지 품고 있을 이유가 전혀 없다. 세금을 걷는 것도 아니기 때문이다.

따라서 이런 자들은 처벌 후 곧장 추방이다. 그리고 영원히 이실리프 자치령에 발을 들여놓을 수 없다.

귀국하는 데 드는 돈은 당연히 본인 부담이다.

자치령에서 내줄 이유가 없기 때문이다.

비행기를 타고 가든 배를 타고 가든, 아니면 아프리카 대륙을 맨발로 걸어가든 전혀 배려해 주지 않는다.

실제로 갑질을 하던 어떤 20대 여자가 있었다.

자치령 곳곳엔 작업자들의 편의를 돕기 위해 마트가 개설되어 있다. 이곳에서 일하던 엄마뻘인 직원에게 모욕적인 말을 하면서 소란을 피우는 사건이 있었다.

자신이 지불한 돈을 세어봤다는 것이 그 이유였다.

'나를 못 믿느냐?' 부터 시작하여 '입이 없냐?', '멍청하다' 등의 막말을 했다.

마트 직원이 대꾸 없이 고개를 숙인 채 다음 손님의 물건 값을 계산하자 '야, 이 씨발 년아! 입이 있으면 말을 해, 씨발 년아!' 라고 고성을 질렀다.

어찌 이런 개만도 못한 인성을 가진 사람을 자치령에 살게 하여 온갖 혜택을 누리게 하겠는가!

권철현 행정수반은 보고를 받은 즉시 이 여인을 체포토록 했다. 그리고 전 재산을 몰수하여 모욕을 당한 마트 직원에게 위로금으로 지급하였다.

다음은 추방이다. 자치령 경계 바깥으로 내보내고 영원히 출입이 금지되었음을 고지했다. 물론 엄청 욕을 했지만 아무런 소용이 없었다. 경찰 출신 원주민이 호송을 한 때문이다.

돈 한 푼 없이 쫓겨난 이 여인의 행방은 아무도 모른다.

정글을 헤매다 맹수에게 잡아 먹혔을 수도 있고, 어디가 어딘지를 모를 곳을 헤매고 있을지도 모른다.

어쩌면 벌써 굶어 죽었을 수도 있다. 그러거나 말거나 어느 누구도 이 여인을 측은하다 생각하지 않는다.

인간 이하의 존재라 아예 관심을 두지 않기 때문이다.

어쨌든 권철현 행정수반은 행복하다.

사랑하는 아내와 더불어 신혼에 버금갈 깨가 쏟아지는 삶을 살고 있다. 여기에 손자까지 생겼다.

그렇기에 연신 흐뭇한 미소를 짓는다. 또 하나의 손자 바보의 탄생되었다.

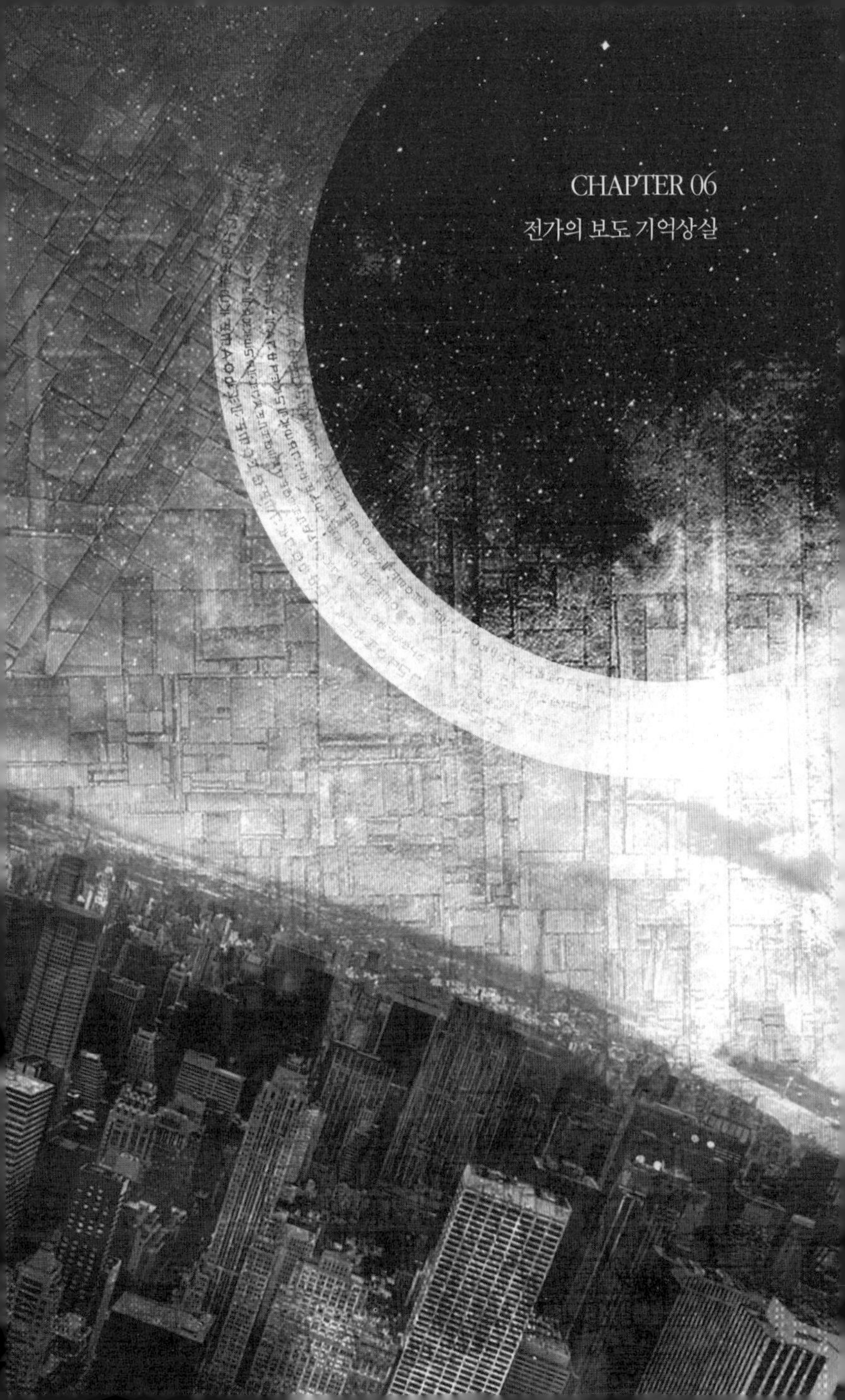

# CHAPTER 06

## 전가의 보도 기억상실

“대체 어떻게 된 거예요? 어쩜 3년이 넘도록 소식 한번 없을 수 있어요?”

“그게…….”

현수는 쉽게 말을 이을 수 없었다. 답변할 말이 궁색한 때문이다. 그렇다 하여 마인트 대륙의 흑마법사들과 싸우다가 부상을 당했다는 말을 할 수도 없다.

차원이동을 한다는 건 비밀 중에서 비밀이기 때문이다.

“왜 그랬는지 설명해 주기 싫어요?”

“그건 아냐. 다만…….”

잠시 말을 끊었을 때 번개처럼 스치는 상념이 있다. 대한민국 드라마에 흔히 등장하는 '기억상실' 이 그것이다.

3년간 소식을 전하지 않은 걸 설명할 수 있는 가장 합리적인 변명이다.

"사실은 내가 잠깐 다쳤었어."

"네에? 어, 어딜 얼마나요?"

"여기. 길을 가는데 여길 누가 때렸나 봐."

"강도, 아니, 퍽치기를 당한 거예요?"

연희는 비정상적인 부위가 있는지 얼른 현수의 머리를 살펴본다. 이때 현수의 설명이 이어진다.

"그때 그 충격으로 기억을 상실했어. 그렇게 3년을 보냈나 봐. 그러다 다시 기억을 찾았지. 그래서 돌아온 거야."

"세상에! 지금은 괜찮은 거예요?"

너무나 쉽게 거짓말에 넘어가 주니 약간은 미안한 기분이 든다.

그렇다 하여 어찌 다프네라는 어여쁜 여인을 구하려다 부상을 당했다고 하겠는가!

"응. 지금은 멀쩡해. 그나저나 오늘 며칠이야?"

"2018년 6월 28일이에요."

"아……!"

현수는 나직한 침음을 냈다. 지난번 차원이동과 시차가 3년

1개월 하고도 13일이 지났기 때문이다.

'스승님의 레어에서 보낸 시간이 꽤 길었나 보네. 부상이 심해서 그랬나? 근데 먹지도 않았는데 어떻게 살았지?'

현수는 전능의 팔찌를 쓰다듬어 보았다. 연희의 눈에는 보이지 않는 것이다. 촉감은 예전과 하나도 다르지 않다.

'내가 모르는 뭔가 감춰진 기능이 있나 보네.'

이실리프 마법서에 혹시 전능의 팔찌에 대한 추가 기록이 있는가를 생각해 보았다. 그런데 그런 것은 기억에 없다.

멀린이 전능의 팔찌를 만들고 그것에 대해 기록을 한 후 추가시킨 기능이기 때문이다.

아무튼 레어에서 깨어났을 때의 현수는 거의 뼈 위에 가죽을 씌운 듯했다.

신진대사 기능만 극도로 제어한 결과이다.

이는 멀린이 우연히 얻은 네크로맨서 계열의 마법을 개량하여 만든 것이다. 이실리프 마법서에도 기록되어 있다.

다만 은신 마법 중 하나로 기록되어 있다.

심장박동 소리마저 극도로 줄여 적의 예민한 이목으로부터 안전하게 하기 위한 마법이다. 그렇기에 이 마법에 대해 알면서도 그 덕을 보았다는 생각을 못하는 것이다.

"철이는 언제 태어난 거야?"

"2014년 12월 24일이에요."

"크리스마스이브에?"

"네, 철이는 그날 태어났어요. 지현 언니가 낳은 현이는 2014년 12월 30일이에요. 이리냐가 낳은 아름이는 그보다 한 달쯤 늦은 2015년 1월 28일이구요."

"철이, 현이, 아름이?"

"네, 아버님께서 작명원에 가서 지어오셨어요. 철이는 哲 자를 써요. 밝고 현명하라는 뜻이래요."

"현이는?"

"현이는 賢 자를 써요. 그리고 아름이는 한글 이름인데 아름답게 성장하라는 의미래요."

"그래, 그렇군. 그나저나 집엔 별일 없지?"

현수의 시선을 받은 연희는 고개를 끄덕인다. 잠깐 사이지만 많이 진정된 듯하다.

"네, 자기가 사라진 것만 빼면 다 좋아요. 그동안 주영 씨가 애 많이 썼어요."

"그래, 그랬겠지. 여기 의료원 짓는 건? 자치령 개발은? 계열사들은 어때?"

"에고, 하나씩 물어보세요. 일단 의료원은 완공되었어요. 준공식하던 날엔 조제프 카빌라 대통령님과 가에탄 카구지 내무장관님 등이 오셨어요. 자기가 안 보인다고 무슨 일 있냐고 물었지요."

"10,000병상인 거지?"

혹시라도 줄여서 만들었을까 싶어 한 말이다.

"네, 그렇게 하라고 지시했다면서요."

연희가 고개를 끄덕이자 나머지 궁금한 것을 물었다.

"의료진은 제대로 다 구한 거야?"

"그것 때문에 이실리프 브레인 이준섭 전무님 머리카락 다 빠졌어요. 엄청 힘들었나 봐요."

"그래, 그랬겠지. 그래도 다행이네. 의료진 구축이 가장 어려운 문제라 생각했는데. 그래서 의료원은 어때? 10,000병상이면 엄청 큰 건데, 절반은 찼어?"

"절반이요? 에구, 지금도 병실이 모자라서 쩔쩔매고 있어요. 그래서 긴급하지 않은 환자들은 대기 번호를 받고 인근에서 머물고 있다고 해요."

연희의 말처럼 이실리프 의료원은 만원이다. 대기하고 있는 환자 수는 약 3,000명이나 된다.

다른 의료기관과 달리 이실리프 의료원은 입원하자마자 다른 병원에서 가져온 의료 기록을 참고하여 추가로 검사가 필요하지 않은 경우엔 곧바로 수술 내지는 투약을 한다.

그래서 정말 중증 환자가 아닌 경우 입원 기간이 짧다.

예를 들어 신장이식 수술을 할 경우 공여자는 3~5일 만에 퇴원하고, 수여자는 30일 정도 입원한다.

이실리프 의료원의 경우는 공여자 2일, 수여자 8일이다.

이식 수술 후 미라힐을 환부에 발라주면 회복 속도가 경이적으로 빠르기 때문이다.

이렇듯 입원 기간이 짧음에도 환자들이 줄지어 있는 건 광범위 진통제 홍익인간과 CRPS 환자용 진통제인 NOPA, 그리고 미라힐 시리즈가 있기 때문이다.

게다가 이실리프 의료원의 의사들은 대부분 그 분야의 전문가 중의 전문가이다.

뿐만이 아니라 의료비가 생각보다 훨씬 저렴하다.

질 좋은 의료 서비스를 합리적인 가격에 제공하겠다는 것이 이실리프 의료원의 모토이기 때문이다.

그 결과 전 세계에서 환자가 몰려오고 있다. 특히 미국에서 오는 환자가 압도적으로 많다.

알다시피 미국의 의료비는 엄청나게 비싸다.

치과에서 충치 두 개를 치료하면 한화로 800만 원을 내라는 청구서가 날아오는 곳이다.

앰뷸런스를 타고 15마일쯤 떨어진 병원에 가면 100만 원짜리 청구서가 나오기도 한다.

산부인과에서 제왕절개로 출산하면 1,996만 원, 안과 백내장 수술은 507만 원, 맹장 수술은 1,513만 원이다.

한국에선 119를 부르면 앰뷸런스가 무료이다.

게다가 전 국민이 건강보험에 가입되어 있어 제왕절개는 39만 원, 백내장 수술은 28만 원, 맹장 수술은 40만 원 정도만 환자가 부담하면 끝이다.

뿐만 아니라 치료비가 많이 드는 암(癌)이나 중증 질환자로 건강보험공단에 등록되면 진료비의 5%만 부담한다.

현재 미국의 전체 인구는 약 3억 1,900만 명이다.

이 중 약 17.24%인 5,500만 명 정도는 의료보험에 가입되어 있지 않다.

보험료가 너무 비싸서 가입할 수 없기 때문이다.

하여 돈이 없는 서민이 아프면 병원으로 가는 게 아니라 그냥 몸으로 때운다. 병원을 찾아갔다가 파산하는 경우가 종종 있기 때문이다.

지난 2009년, 세계적인 정보 서비스 기업인 '톰슨로이터'가 미국 의료 시스템의 낭비 요인을 분석한 결과 보고서를 발표하였다.

그 내용엔 불필요한 과잉 검사와 정보 공유 체계 미비 등의 고질적인 낭비 요인이 많음이 지적되어 있다.

다시 말해 '미국의 비싼 의료비는 낭비가 심한 영리 시스템 때문' 이다.

그런데 한국의 몇몇 정치인이 바로 이런 식으로 의료보험법을 개정해야 한다고 떠든다. 부자나 가난한 자나 똑같은 의료 서비스를 받는 것이 대단히 불만스러운 것이다.

이런 것을 같은 국민이라고 생각하고 살아야 하는 대한민국의 대다수 국민들이 불쌍할 뿐이다.

어쨌거나 이실리프 의료원을 찾은 미국인들은 대부분 보험이 없는 환자이다. 상대적으로 가난해서 그렇다.

그런데 미국에서 비행기를 타고 킨샤사까지 날아와 이곳의 숙박시설을 이용하고 있다. 그러다 자기 순번이 되면 의료원에서 치료를 받고 퇴원한다.

그럼에도 기꺼이 돈을 지출하는 건 미국에서 치료받는 것보다 훨씬 저렴한 비용으로 친절한 서비스를 받기 때문이다.

인터넷과 SNS, 그리고 입소문으로 이러한 사실이 알려지자 미국 병원에서의 치료를 엄두도 못 내던 환자들이 우르르 몰려오는 중이다.

미국뿐만이 아니다.

상대적으로 의료 상황이 열악한 아프리카 각국과 동유럽 국가, 그리고 중동 등지에서도 환자가 몰려들고 있다.

이들 거의 대부분의 질환은 미라힐 시리즈를 이용한 간편한 치료로 해결된다.

불치병으로 알려져 있는 크론병[6]의 경우엔 딱 두 번만 미라힐을 복용하는 것으로 완치된다.

---

6) 크론병(Crohn' s disease) : 입에서 항문까지 소화관 전체에 걸쳐 어느 부위에서든지 발생할 수 있는 만성 염증성 장 질환.

한방에서 중풍이라 칭하는 뇌졸중은 뇌 기능의 부분적, 또는 전체적으로 급속히 발생한 장애가 상당 기간 이상 지속되는 것이다. 뇌혈관에 문제가 있는 경우엔 미라힐 희석 액을 수액에 섞는 것만으로 치료가 끝난다.

아울러 각종 혈관과 혈액순환 관련 질병들 역시 이런 수액 치료법으로 간단히 해결된다.

예를 들어 동맥경화, 관상동맥협착증, 각종 동맥염과 정맥류, 그리고 각종 혈전증 등이 그러하다.

수액을 처방받고 이틀이나 사흘쯤 집중 치료를 받으면 정상인에 근접한 상태, 또는 정상인이 된다.

이것 이외에도 필요 이상으로 많은 지방 성분 물질이 혈액 내에 존재하는 고지혈증까지 정상 상태로 되돌려진다.

따라서 의사들에게 있어 미라힐 시리즈는 그야말로 신이 내린 기적의 신약이다.

하여 미라힐이 아니라 엘릭서라 부르기도 한다.

어쨌거나 이실리프 의료원이 완공된 이후 킨샤사의 수많은 환자가 저렴한 가격에 혜택을 입었다. 대부분이 서민이기에 원가에 가까운 진료비만 청구했기 때문이다.

콩고민주공화국 조제프 카빌라 대통령과 가에탄 카구지 내무장관은 이실리프 자치령 등을 유치한 일등공신이다.

이 덕에 실업률이 대폭 하락했다.

곧이어 이실리프 의료원이 생겨 질 좋은 의료 서비스를 받을 수 있게 되었다. 콩고민주공화국 국민 입장에서 생각해 보면 쌍수를 들어 환영할 일이다.

하여 지지율이 대폭 상승하는 즐거움을 맛보고 있다.

격렬하게 반격을 가하던 반군들의 움직임은 확연히 뜸해졌다. 비날리아 지역에 자리 잡은 자치령 때문이다.

그곳 개발을 위해 상당히 많은 사람을 고용했는데, 대부분이 반군의 가족이다. 매월 안정적으로 급여를 받으며 거의 대부분 주거까지 해결해 준 상태이다.

이렇듯 확실하게 먹고살 수 있는 기반이 갖춰지자 반군 활동을 극도로 자제하고 있는 것이다.

조제프 카빌라와 가에탄 카구지 입장에서는 일석삼조 이상의 효과가 발생되어 희색이 만면하다.

현수가 나타나기만 하면 최고 등급 훈장을 수여한다는 것은 이미 내정된 일이다.

현수가 받을 것은 국가에서 수여할 수 있는 최고의 특별대우인 '국가 영웅' 칭호이다.

이 서훈은 콩고민주공화국 역사상 딱 셋뿐이다.

가장 먼저 이 훈장을 받은 사람은 독립 후 최초 총리이던 파트리샤 루뭄바(Patrice Lumumba)와 조제프 카빌라의 아버지이자 전 대통령인 라우렌트 데지레 카빌라(Laurent Desire

Kabila)이다.

둘 다 사후에 수여되었다.

세 번째는 전 총리 안톤 기젱가(Antoine Gizenga)로 살아 있을 때 영예를 받은 최초의 인물이다.

현수는 네 번째로 이 영예를 얻는 셈이다.

콩고민주공화국 법률에 따르면 서훈 전에 벌어들이던 금액과 대등한 월급과 주거, 그리고 여섯 대의 차량과 열두 명의 국가경찰을 포함한 권리와 이익이 종신토록 주어진다.

하여 ㈜천지건설로 급여 명세를 보내달라는 협조요청 공문을 보냈다. 이것이 당도하면 서훈 후 그에 합당한 금액을 지불하는 것으로 이미 내각회의에서 결정된 사항이다.

모르긴 몰라도 천지건설에서 현수의 급여명세서가 오면 대통령을 비롯한 거의 모든 각료가 기절초풍할 것이다.

연봉이 무려 300억 원인데 어찌 놀라지 않겠는가!

법률에 따라 현수가 죽을 때까지 매년 300억 원씩 지불해야 하는데 문제는 현수의 수명이다.

멀린의 레어에서 또 한 번의 기연을 겪으면서 무려 1,500살까지 살게 되었다.

이제 겨우 34살이니 향후 1,466년 동안 더 산다.

콩고민주공화국이 이때까지 국가 체제를 갖추고 있을지 모르지만 그렇다면 무려 44조 원이나 지불해야 한다.

나라를 거덜 낼 의결을 한 것을 아직 본인들은 모른다.

물론 두 개의 자치령과 하나의 의료원이 있어서 국가에 보탬이 되는 금액을 따지면 이보다 훨씬 많을 것이다.

최소 매년 3조 원 이상의 매출 실적이 오르는 것과 같을 것이니 따지고 보면 남는 장사이기는 하다.

현수는 연희로부터 의료원에 대해 소상한 내용을 들을 수 있었다. 개원식을 무사히 치른 후 주영은 복귀했다.

그리고 연희는 의료원 재단이사장에 취임했다. 원래는 현수가 앉을 자리인데 본인이 없어 이런 결정을 내린 것이다.

재단이사장은 원장으로부터 의료원 전반에 대한 보고를 받을 수 있는 자리이다. 그렇기에 소상한 내용까지 알려줄 수 있던 것이다.

"수고가 많았네."

현수는 다정스런 손길로 연희의 눈물에 젖은 머리카락들을 하나하나 떼어주었다.

"이제 어디 안 갈 거죠?"

"이번처럼 연락 안 되고 그런 일 다시는 없을 거야. 그나저나 지현과 이리냐는 어때?"

"다들 잘 있어요. 여기 있으면 좋은데 각자 할 일이 있어서 한국과 러시아로 돌아갔어요. 연락하면 금방 올 거예요."

현수는 고개를 끄덕인다.

"그래, 그렇게 해. 우선 부모님을 찾아봬야지."

"아버님, 어머님은 자기가 실종되었다는 걸 몰라요. 회사 일이 바빠서 그런 줄 아시니까 주의하세요."

"그래, 그럴게. 마음 써줘서 고마워."

"치이! 사랑하는 사람끼리는 고맙다는 말 하는 거 아니라고 했으면서. 설마 기억을 잃었다고 나를 사랑하는 마음도 식은 건 아니죠?"

연희는 짐짓 입술을 삐죽인다. 현수는 살짝 보듬어 안으며 속삭였다.

"그럴 리가 있겠어? 이렇게 섹시한데. 철이 자면 이따… 말 안 해도 알지?"

"어머!"

연희의 몸이 단번에 굳어버린다.

3년도 더 지났지만 혼자서 현수를 감당하는 것이 얼마나 힘든지를 생생히 기억하고 있기 때문이다.

'지현 언니랑 이리냐더러 얼른 오라고 해야 해. 안 그럼 나 죽어.'

현수는 빈관에 머물고 계시는 부모님에게 인사를 드리러 갔다. 3년이 넘는 세월 동안 코빼기도 안 비췄다며 핀잔을 들었지만 건강한 모습을 보곤 안심하신다.

말은 안 했지만 혹시라도 며느리들이 속이는 건 아닌가 하는 생각을 했다.

현수로부터 너무 오랫동안 소식이 없었기 때문이다.

제 자식이 셋이나 세상 구경을 했는데 한 번도 안 온다는 건 상식적이지 못한 일이니 당연한 의심이다.

그런데 그 의문이 말끔히 해소되었다. 당연히 매우 반가워 하셨고 꼬치꼬치 캐묻지도 않으셨다.

아버지는 남자가 밖에서 일을 하다 보면 피치 못할 사정이 생길 수도 있으니 피곤하게 하지 말자 하셨다.

그래도 어머니는 걱정스러웠는지 혹시 밖에 새아기를 본 건 아니냐고 은근히 물어보신다.

"새아기라뇨? 저 셋이나 있잖아요. 그런데 또요?"

사실 이 말을 할 땐 살짝 양심의 가책을 느꼈다. 저쪽 세상에 다섯이나 더 감춰두고 있으니 어찌 안 그렇겠는가!

"아니다, 아냐. 내가 괜한 소릴 한 거야."

"거 임자는 왜 아범한테 그런 소리를 해? 쟤가 어디 그럴 아이야? 그치?"

요 대목에서 말을 돌리지 않으면 안 될 것 같다.

"네? 아, 네. 그럼요. 그나저나 손주들은 어때요?"

"에구, 요즘엔 현이랑 아름이가 자꾸 눈에 어려. 어릴 땐 할미랑 정붙이고 사는 것도 좋은데."

모친께서 아쉽다는 표정을 짓자 기다렸다는 듯 연희가 끼어든다.

“어머니, 현이랑 아름이도 곧 올 거예요. 아범이 왔다고 하니 당장 비행기 탄다네요.”

“아, 그러냐? 잘했다, 잘했어.”

듣던 중 반가운 소리라는 듯 환히 웃으신다. 많이 보고 싶으셨던 것 같다.

“그나저나 먼 데서 온 거지? 가서 좀 쉬렴.”

“예, 그럴게요. 이따 저녁때 다시 올게요.”

“여길? 왜? 이렇게 얼굴 봤으면 됐지.”

“오래간만에 두 분과 같이 식사하고 싶어서요.”

“아, 그래? 그럼 그래라. 내가 된장국이라도 끓여놓으랴?”

“저야 그럼 좋죠.”

현수가 빈관을 나서자 외출했다 돌아온 피터스 가가바와 엘린 가가바가 와서 인사한다.

“에구! 정말 오랜만입니다, 가주님!”

“네, 진짜 너무하셨어요. 주모님들께서 얼마나 걱정하셨는지 몰라요.”

“네, 제가 조금 바빠서 연락도 못했습니다. 두 분 모두 괜찮으시죠? 다른 식구들도요.”

“그럼요. 가모님께서 얼마나 알뜰히 보살펴 주셨는데요. 다들 잘 있습니다. 그나저나 곧 저녁인데 식사 준비할게요.”

엘린 가가바는 후다닥 달려갈 기세이다.

"아닙니다. 오늘은 어머니께서 해주시는 밥 한번 먹어보려고요. 그동안 어머니 손맛이 많이 그리웠거든요."

맞는 말이다. 3년이 넘도록 김치찌개와 된장찌개, 그리고 순두부찌개 같은 것은 맛도 못 보았다.

"참, 자긴, 계란말이 좀 해줘. 그것도 맛본 지 오래되었어."

"그래요. 알았어요."

연희가 고개를 끄덕이며 환한 웃음을 짓는다. 이처럼 남편이 곁에 있으니 왠지 든든하고 행복한 느낌이 들어서이다.

저녁 식사를 마친 현수는 홀로 산책을 나왔다. 오랜만에 왔으니 저택 주변을 한 바퀴 돌아볼 요량으로 나온 것이다.

연희는 칭얼거리는 철이를 평소보다 일찍 재우는 임무를 맡았다.

"어라, 농장이 다 되어 있네? 아리아니."

현수가 나직이 불렀음에도 금방 반응이 온다.

휘리링—!

"치잇! 주인님, 너무하셔요. 왜 이렇게 오랜만이에요?"

여전히 앙증맞은 날개를 펄럭이고 있다.

"미안, 미안. 저쪽에 있을 때 일이 좀 있었어."

"일이요? 무슨 일인데요?"

"응. 말하자면 긴데……. 조금 심각한 부상을 입었어."

아리아니는 다시금 현수의 전신을 훑어본다.

"어라? 그리고 보니 주인님, 좋은 일 있으셨나 봐요."

"좋은 일?"

조금 전 심각한 부상을 당했다고 했는데 이런 반응을 보이니 의아스럽다. 하여 저도 모르게 반문했다.

"이젠 아주 완벽한 몸이 되셨어요."

"그게 무슨 말이야?"

현수는 이해할 수 없다는 표정이다.

멀린의 레어에서 몸을 점검했을 때 이전과 다름없음을 확인한 바 있기 때문이다.

"으음! 이곳 식으로 표현하자면 주인님의 지금 몸은 유전자까지 완벽한 상태예요. 바디 체인지를 다시 겪었나 봐요."

"내가 또 바디 체인지를?"

"네, 그래서 수명도 늘어난 것 같네요."

"허어!"

1,300년을 산다고 했을 때에도 너무나 길다 생각했다.

사랑하는 이들과 얼마나 많은 이별을 해야 할지 모르기 때문이다. 그런데 또 늘었다니 어이가 없다.

"흐음! 한 1,500살까지는 사시겠네요. 헤헤! 아리아니는 그래서 좋아요."

"……!"

생각해 보니 수명이 끝나는 날까지 함께해 줄 수 있는 존재는 몇 안 된다. 아리아니와 물, 불, 바람, 그리고 땅의 최상급 정령뿐이다.

부모님은 물론이고 지현, 연희, 이리냐, 철이, 현이, 그리고 아름이도 언젠가는 헤어지게 될 것이다.

"끄응! 반드시 좋은 일만은 아니군."

가족들을 리치로 만들 수는 없다. 그렇기에 나직하게 침음을 낸 것이다.

"그나저나 아리아니, 여기는 어떻게 된 거야?"

현수의 시선에 드넓은 바이롯 재배지가 보이고 있다.

"주인님이 가시기 전에 이곳에 바이롯을 재배한다고 하셔서 제가 진행시켰어요."

"아리아니가? 어떻게?"

아리아니는 현수의 눈에만 뜨이는 존재이다. 4대 정령을 제외하면 어느 누구와도 대화를 할 수 없다. 그런데 번듯하게 거대한 수목원을 조성해 놨으니 의아한 것이다.

마인트 대륙으로 가기 전에 구상한 거의 그대로이다.

휘리링—!

아주 작은 소리가 나는가 싶더니 현수의 눈앞에 절세미녀가 나타난다.

"으읏!"

이제 겨우 스무 살쯤 된 갈색머리 미녀는 완전히 발가벗고 있다. 현수는 저도 모르게 한 발 물러섰다. 너무도 관능적인 모습 때문이다.

이때 절세미녀가 손을 내밀어 현수의 팔을 잡는다.

"주인님, 저예요. 아리아니."

"아리아니? 이게 대체 어떻게 된 거야?"

전에도 이런 모습을 보여준 적이 있다. 그때는 형상은 있지만 만질 수는 없는 존재였다.

그런데 지금은 완전한 사람의 모습을 하고 있다. 자신의 팔에서 느껴지는 촉감이 그것을 반증하고 있다.

"잊으셨어요? 드래곤 로드께서 제게 육신을 취할 수 있는 권능을 주셨음을."

"아! 그럼……."

"네, 그동안 어떤 모습이 좋을까 되게 고민 많이 했어요. 그래서 주인님께서 사랑하시는 여인들의 공통된 모습을 생각해 봤어요. 예쁘게 보이고 싶어서 그랬는데, 괜찮아요?"

그러고 보니 지현, 연희, 이리냐, 카이로시아, 로잘린, 스테이시, 케이트, 그리고 다프네의 모습이 조금씩 엿보이는 듯하다.

"……!"

"참, 잠깐만요."

아리아니는 아공간에서 브래지어와 팬티, 그리고 원피스 하나를 꺼내 몸에 걸친다.

"이제 됐어요. 저 괜찮아요?"

패션쇼라도 하는 듯 한 바퀴 몸을 돌려서 보여준다.

신장 170㎝, 체중 52㎏ 정도 되는 날씬한 몸매이다.

가슴은 불룩하고 허리는 잘록하다. 그리고 둔부는 적당히 펑퍼짐하다. 물론 위로 올라붙은 예쁜 히프이다.

"예쁘다, 정말."

아리아니는 미의 여신 아프로디테 그 자체로 보인다. 게다가 백치미까지 더해지니 너무 매혹적이다.

"호호! 정말이요? 아이, 좋아라."

아리아니는 현수의 품을 파고든다. 뭉클하면서도 부드러운 촉감이 느껴진다.

"아, 아리아니!"

화들짝 놀란 현수가 저도 모르게 소리를 내자 아리아니는 심호흡을 한다.

"흐으음! 이게 주인님의 체취군요. 하아아! 좋아라!"

"아, 아리아니!"

"네, 주인님. 저 예쁘죠?"

"그, 그래. 근데 좀 떨어져 줄래?"

"물론이에요. 저는 말을 잘 들으니까요."

두어 발짝 물러선 아리아니는 별빛 같은 시선으로 현수를 바라본다. 아주 그윽한 눈빛이다.

"저는 언제까지나 주인님 거예요. 언제든 안으셔도 돼요."

"아리아니!"

"근데 아쉽게도 생식 기능은 없어요."

"……!"

심하게 다행이다.

안 그렇다면 써큐버스도 울고 갈 절세 미모를 가진 아리아니에게 푹 빠져서 헤어 나오지 못할 것이기 때문이다.

하지만 내색은 할 수 없다. 아리아니의 질투심 때문이다.

"그, 그래. 그나저나 여기는 어떻게 된 거야?"

"제가 이렇게 했어요. 주인님께서 내린 지시라 하였구요."

"이런 모습을 보여줬단 말이야?"

"아뇨. 이 모습은 오로지 주인님에게만 보여드려요. 러시아 무스크하코 마을에서 온 사람들 앞에선 다른 사내의 모습을 보여줬어요."

"…잘했네. 아주 잘했어."

현수는 고개를 끄덕인다. 자칫 연희나 지현 등의 오해를 살 수도 있기 때문이다.

어쨌거나 이실리프 수목원이라 이름 붙은 이곳에선 바이롯이 생산되고 있다.

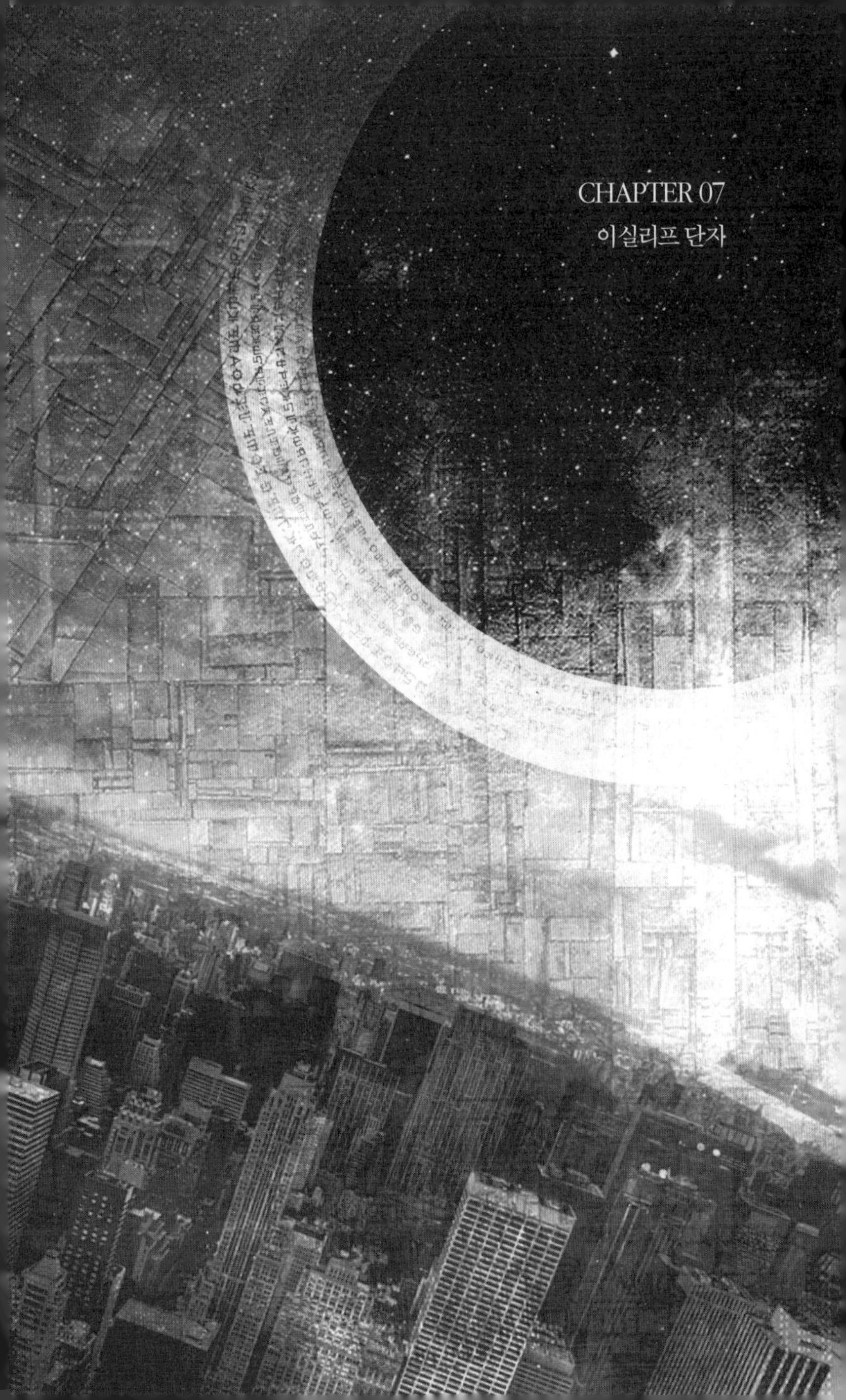

# CHAPTER 07
# 이실리프 단자

콩고민주공화국 정부가 저택 인근의 부지를 무상으로 제공한 면적은 약 20㎢이다.

600만 평을 약간 넘기는 면적이다.

참고로 이 크기는 서울시 마포구 전체보다 약간 작다.

이 중 30만 평엔 10,000병상짜리 최첨단 이실리프 의료원이 조성되어 있다.

이전까지 콩고민주공화국에서 가장 큰 병원은 100병상짜리 '건국 50주년 기념 병원'이었다. 따라서 콩고민주공화국 입장에선 엄청난 의료 발전이 이루어진 셈이다.

현재 콩고민주공화국 정부는 의료원 인근 부지에 의과대학 건물을 짓고 있다. 우수한 의료진이 있을 때 제대로 된 교육을 받을 수 있도록 하기 위함이다.

하여 초현대식 건물이 들어서는 중이다.

의료원 인근 70만 평은 의료진을 위한 주거 시설과 환자 및 보호자를 위한 숙박 시설과 위락 시설로 꾸며져 있다.

일종의 미니 신도시인 셈인데, 근린 생활 시설 거의 전부가 갖춰져 있다. 도서관, 극장, 쇼핑센터 등등이다.

100만 평 규모인 이실리프 의료원 인근 200만 평엔 이실리프 테마파크가 만들어져 있다.

이는 에버랜드 리조트 전체 면적과 거의 비슷한 크기이다.

참고로 에버랜드 리조트는 에버랜드, 캐리비안 베이, 숙박 시설 홈브리지, 자동차 경기장 스피드웨이, 에버랜드 교통박물관, 호암미술관, 글렌로스 골프클럽으로 구성되어 있다.

이 밖에 새롭게 추가될 아쿠아리움과 수목원을 포함한 것이 에버랜드 리조트이다.

이실리프 테마파크는 놀이동산과 워터파크, 아쿠아리움과 골프장, 그리고 숙박 시설로 구성되어 있다.

현재 이곳에서 가장 유명한 것은 정령을 이용한 이실리프 분수 쇼이다.

물의 하급 정령 운디네는 허공으로 솟은 물을 떨어지지 않게 하여 물방울로 만들어진 왕관, 또는 티아라 같은 형상을 잠시 동안 보여준다.

운다인은 물로 이루어진 공룡이 자연스럽게 수면 위를 걷는 모습 등을 구현시키기도 한다.

때로는 공룡이나 검치호가 매머드를 사냥하는 모습을 보여준다. 뿐만 아니라 얼룩말이 초원을 달리는 모습과 이를 사냥하려는 사자의 모습 또한 만들어낸다.

야간엔 현란한 조명까지 어우러지니 아이들이 보면 환장할 모습이다.

이실리프 의료원에 치료를 받으러 온 환자나 보호자들의 입을 통해 소문이 번지고 있다.

그 결과 세계 곳곳에서 이를 즐기기 위해 일부러 오는 관광객 수가 계속해서 늘고 있는 중이다.

큰 규모의 수영장도 여러 개가 있기에 일종의 바캉스 장소가 되어버린 것이다.

나머지 300만 평 중 25,000평엔 바이롯 재배를 위한 연구단지가 있고, 100만 평은 관상을 위한 각종 식물 재배 및 도로가 차지하고 있다.

나머지 200만 평은 몽땅 바이롯 재배지이다.

이 중 외부인에게 공개된 곳은 바이롯 재배지와 연구 단지를 뺀 나머지 100만 평이다. 따라서 이실리프 테마파크는 에버랜드 리조트 전체의 약 1.5배 크기이다.

이것을 모두 조성하는 데 걸린 시간은 꼬박 1년이다. 천지 건설의 기술진이 이루어낸 성과이다.

이들이 물러간 이후 땅의 최상급 정령 노에디아는 인근에 분산되어 있던 전단토를 이곳으로 끌어모았다.

바이롯은 흰색 흙인 전단토에서만 생장하기 때문이다.

예상대로 1년에 4모작을 하고 있는데 연간 생산량은 약 20억 뿌리이다. 당연히 흉작이란 것은 없다.

물과 땅의 정령의 힘만으로도 충분한 일인데 아리아니와 질 좋은 유기비료까지 더해지기 때문이다.

이제 남은 건 가이아 여신의 축복뿐이다.

"주인님, 주인님께서 가이아 여신의 신성력까지 베풀어주시면 24억 개로 수확량이 늘어날 거예요."

"그래? 그럼 그래야지."

신성력이 있음을 알지만 사용한 경우가 거의 없다. 그렇기에 한번 마음껏 써보고 싶은 마음이 들었다.

"이곳의 모든 식물에게 대지의 여신이신 가이아 님의 신성력을 아낌없이 베푸노라!"

쫘아아아아아아—!

기다렸다는 듯 현수의 몸으로부터 장엄한 기운이 뿜어져 나간다.

바이롯 재배지를 지나 수목원 지역까지 신성력이 스며든다. 곧이어 테마파크의 식물들 역시 혜택을 받기 시작한다.

그러자 지구 어디에서도 이처럼 생생한 식물을 찾아보기 힘들 정도로 싱싱해진다.

"바이롯 재배한 건 어디에 있어? 창고에?"

"아뇨. 보존 마법이 걸린 창고가 필요한데 그런 게 없어서 일단은 제게 위탁하신 아공간에 넣어두었어요."

"아, 그래? 얼마나 많은데?"

"너무나 많아서 정확한 숫자는 모르지만 약 40억 뿌리 정도 될 거예요."

"그래?"

현수는 눈빛을 빛낸다. 주영에게 큰소리를 칠 찬스가 온 때문이다. 하지만 말로 표현하지는 않았다.

"테마파크는 어때?"

"직접 보시는 게 좋을 거예요."

"야간에도 개장해?"

"네, 워낙 손님이 많아서 밤 12시부터 새벽 5시까지만 문을 닫고 나머진 늘 열어요."

"그래?"

"넓으니까 날아서 보시는 게 좋을 거예요."

"그러지. 퍼펙트 트랜스페어런시! 플라이!"

투명 은신 마법과 비행 마법을 구현시키곤 이실리프 테마파크를 한 바퀴 휘돌았다.

아리아니의 설명을 들어보니 이곳의 설계엔 연희의 입김이 매우 컸다고 한다.

리우데자네이루 재개발 공사를 위해 영국 이외에도 여러 나라를 둘러보면서 모아놓은 자료가 있었기 때문이다.

여기에 천지건설이 자체적으로 수집해 놓은 자료가 더해져 완성된 것이 바로 이실리프 테마파크이다.

규모도 크지만 이용객들을 위한 편의 시설과 안전 설비들이 인상적이다.

"잘해놓았군. 다음은 의료원 보러 가자."

"네에."

"그전에 모습 좀 바꿀 수 있지?"

"그럼요. 어떤 모습을 원하세요?"

"그냥 평범한 동양인의 모습."

"네, 알았습니다."

휘리리릭—!

말 떨어지기 무섭게 아리아니의 모습이 바뀐다. 그런데 탤런트 김태희를 몹시 닮았다.

"이게 평범한 거야?"

아리아니의 기준으론 평범한 모습이라는 표정이다.

"아닌가요? 이 정도면 평범한 건데. 뭐, 마음에 안 드시면 또 바꾸죠."

휘리리릭─!

이번엔 장나라이다. 다음엔 이연희의 모습이 되더니 그다음엔 강소라, 이태임, 송혜교 등의 모습으로 바뀐다.

다음은 한예슬, 박주미, 하지원, 채정안, 한지민, 박신혜, 오연서, 성유리 등으로 바뀌었다.

아내가 아니기에 데리고 다니기엔 부담스런 얼굴이다.

최종적으로 현수가 고개를 끄덕인 것은 강부자의 모습이 되었을 때다. 전혀 분심이 들지 않아 좋았다.

"그거 좋네. 가자."

"칫! 난 이 모습 싫은데. 할머니잖아요. 옷과도 언밸런스해요."

얼굴은 강부자인데 피부는 20대인데다 글래머러스하니 부조화하다.

"남자는 안 돼?"

"되긴 되는데 싫어요. 난 여자란 말이에요. 치이!"

또 삐치려 한다.

"알았어. 그럼 내가 사진을 보여줄게."

현수는 비교적 평범한 모습의 여자 탤런트 사진을 보여주었다. 드라마에서 주로 가정부 역할을 맡는 여인이다.

"치이! 너무 못생겼잖아요. 싫어요."

"끄응! 그럼 어떤 모습이 좋은데?"

"그냥 내 모습이요."

"그럼 사람들이 아리아니만 바라보잖아. 너무나 예뻐서."

"정말요? 주인님 보시기에 저 예뻐요?"

현수는 고개를 끄덕여 주었다.

"그래, 정말 예뻐. 그래서 그 모습은 안 돼. 아리아니의 예쁜 모습은 나만 보고 싶거든."

"헤헤! 그럼 다른 사람들의 눈에는 안 보이게 할게요."

"뭐야? 그것도 가능해?"

"그럼요. 뭐든 안 되겠어요?"

아리아니는 현수를 놀려먹은 게 재미있다는 듯 배시시 미소 짓는다. 그런데 정말 예쁘다.

"알았어. 안 보이게 해. 가자."

스르르르릉—!

현관으로 다가서자 자동문이 스르르 열린다. 한 발을 들여놓으려는데 위와 양옆에서 바람이 분다.

"아! 이건 에어 커튼이래요. 이 병원의 내부 공기는 전부 정화되거든요."

"정화?"

"네, 병원 내에서 감염되는 경우가 많아서 그렇대요."

"그래? 그거 잘 생각했네."

고개를 끄덕이곤 여기저기를 둘러보았다. 한눈에 보기에도 돈을 많이 들여서 세심하게 시공했다.

신형섭 천지건설 회장은 이실리프 의료원 및 주변 시설을 건설함에 있어 각별한 주의를 당부했다.

전 세계에서 환자가 몰려올 것이니 천지건설의 쇼룸을 짓듯 그렇게 하라고 지시한 것이다.

하여 투입된 것이 유니콘 아일랜드 건설팀이다.

천지건설 직원 중 마감 공사에 관한 한 누구도 따를 수 없는 장인 집단이다. 현수가 보기에도 정말 괜찮다 싶다.

"좋네."

나직이 중얼거리곤 곳곳을 둘러보았다. 응급실로 들어가자 방금 들어온 환자 가족들이 난리법석이다.

가만히 이야기를 들어보니 교통사고 환자이다.

응급담당의는 대수롭지 않다는 듯 간호사에게 뭔가를 지시한다. 간호사가 가져온 것은 흰색 튜브이다.

겉면에 미라힐X라 쓰여 있다.

이것 약간을 짜 넣고는 더 볼 것 없다는 듯 다른 환자에게로 향한다. 부상자 가족은 왜 치료를 하다 말고 가느냐고 붙잡으려다 눈을 크게 뜬다.

찢어진 상처가 아물기 시작한 때문이다.

이실리프 메디슨에서는 다양한 종류의 미라힐을 생산해 낸다. Ⅰ~Ⅹ까지인데 회복 포션 농도에 따라 붙은 이름이다.

미라힐Ⅰ은 10%짜리, Ⅱ는 20%짜리이다. 증상에 따라 사용하는데 방금 전에 사용한 Ⅹ는 100% 회복 포션이다.

아주 급한 환자에게만 쓰는 것이기에 심각해 보이던 상처가 급속도로 아물고 있다.

이실리프 메디슨은 미라힐 시리즈에 대해 특허출원을 한 바 없다. 누구든 만들 수 있으면 만들어서 쓰라는 뜻이다.

하지만 불가능한 일이다.

지구에 없는 물질이 두 가지나 있기 때문이다. 현재의 기술로는 합성도 불가능하다.

지난 2013년에 대한의약품은 미라힐Ⅰ과 미라힐Ⅱ에 대한 신약 허가를 신청한 적이 있다.

광범위 진통제 홍익인간과 복합 부위 통증 증후군[CRPS] 전문 진통제 NOPA, 그리고 청향에 대한 것도 신청했다.

당연히 엄청난 외화를 벌어들일 기적의 신약이다.

하여 낙관하고 있었는데 뜻밖의 결과를 접했다.

대한민국 식약청이 다국적 제약사 등의 로비 및 압력을 받아 이를 전부 반려한 것이다. 그러면서 시간이 아주 오래 걸리는 까다로운 임상 결과를 추가로 요구했다.

속사정을 알게 된 대한의약품은 신약 허가를 포기했다.

하여 홍익인간과 NOPA는 에티오피아 아와사 지치령에서, 미라힐 시리즈는 콩고민주공화국 반둔두 자치령에서 생산하는 중이다.

이실리프 의료원이 완공된 후 미라힐 시리즈가 놀라운 효능을 보였다.

미라힐 I ~ VI는 외상 환자와 수술 환자에게 집중적으로 사용되어 효과를 인정받고 있다. 상처가 아물고 난 뒤 흉터가 전혀 없어 특히 성형외과 쪽 수요가 어마어마하다.

미라힐 VII~ X은 암환자 전문 치료제로 사용된다.

VII는 1기 환자에게, X는 말기 환자에게 투여된다.

미라힐X를 투여 받은 거의 모든 말기 암환자는 새 생명을 얻었다. 하여 기적의 치료제로 소문이 났다.

그러자 국내 암환자 거의 대부분이 킨샤사로 향했다. 국내 병원에선 구할 수 없는 의약품이기 때문이다.

NOPA와 청향도 마찬가지이다.

국내 CRPS 환자 대부분과 폐질환 환자 거의 모두가 콩고민주공화국행 비행기에 탑승했다.

이실리프 의료원에 당도만 하면 CRPS 환자는 더 이상 고통을 느끼지 않는다.

천식, 진폐증, 규폐증, 폐기종 등으로 고생하던 폐질환 환자들은 더 이상 가쁜 호흡을 하지 않아도 된다.

청향과 더불어 미라힐 시리즈를 처방 받으면 아예 완치되는 경우도 종종 있다.

이런 상황인지라 국내 병원에도 공급해 달라는 요청이 빗발쳤다. 이에 대한 이실리프 메디슨의 답변은 명쾌했다.

불가(不可)!

어떤 경우에도 대한민국의 의료기관에는 납품하지 않을 것이며, 식약청 승인도 포기했으므로 다시는 같은 이야기를 꺼내지 말기 바랍니다.

—이실리프 메디슨 대표이사 민윤서.

당연히 비난이 빗발쳤다. 하여 민 사장은 기자회견을 자청했다. 그리곤 이전에 승인 신청을 했을 때 어떻게 반려했는지에 관한 내용을 조목조목 밝혔다.

그러자 당시 담당자 몇 명에 대한 처벌이 내려졌다. 좌천 내지 감봉이다. 그야말로 솜방망이 처벌이다.

그래놓고는 처벌이 완료되었으니 국내 의료기관에 공급하라는 공문을 보냈다. 이에 대해 이실리프 메디슨은 다시 한 번 '불가' 라는 두 글자짜리 답변서를 보냈다.

그러자 이실리프 메디슨이 생산하고 있는 모든 일반 의약

품에 대한 제조 허가를 취소할 수 있음을 경고받았다.

이에 대한 이실리프 메디슨이 관계 기관에 보낸 답변서의 내용은 다음과 같다.

본 제약사의 생산 품목에 대한 허가가 취소된다면 이실리프 메디슨은 즉각 폐업할 것이다.

아울러 사업장을 콩고민주공화국으로 옮길 것이다.

— 이실리프 메디슨 대표이사 민윤서.

여차하면 문을 닫아버리겠다는 뜻이다.

혹시나 하여 금융기관으로부터 대출 받은 것이 있는지 확인해 보았다. 유감스럽게도 채무가 전혀 없다.

하긴 땅 짚고 헤엄치는 식의 영업을 하고 있는데 빚을 질 일이 있겠는가!

게다가 상장도 폐지된 업체이다. 경영권을 압박할 만큼의 주식 매집이 불가능한 것이다.

하여 전격적인 세무 조사를 실시했다.

그 결과 아무리 털어도 먼지 안 나오는 기업이며, 모범 납세자로 표창장을 수여해야 할 기업이라는 것만 밝혀졌다.

식약청에선 골치 아픈 일이 벌어진 것이다.

하지만 방법이 없다.

한 가지 위안은 이실리프 메디슨이 공급을 거절한 것이 대한민국뿐만이 아니라는 것이다.

미라힐 시리즈와 홍익인간, NOPA, 그리고 청향은 이실리프 자치령이 있는 국가 이외엔 공급되지 않는다.

미국, 영국, 프랑스, 독일, 이탈리아, 지나, 일본 등 어느 곳에서도 구할 수 없는 것이다.

다만 러시아, 몽골, 콩고민주공화국, 그리고 에티오피아의 일부 의료기관에서만 사용될 뿐이다.

이를 구하기 위해 여럿이 노력했지만 허사이다.

미라힐 시리즈와 홍익인간, 그리고 NOPA와 청향은 그곳에서 사용하기에도 부족할 만큼 공급량이 적기 때문이다.

사실 억만금을 줘도 외부 반출은 안 할 것이다. 그러면 영구히 공급을 끊겠다는 약정서가 있기에 내주지 않는 것이다.

그러자 첩보원들이 파견되었다.

병원의 약 창고를 털려고 특급 첩보원들이 총 들고 야간 잠입을 시도한 것이다. 하여 몇몇 곳에서 미라힐 시리즈 등에 대한 도난사건이 있었다.

이것을 입수한 곳에선 같은 약을 복제해 내려 애를 썼다.

그런데 성과가 없다. 비슷한 것을 만들기는 했는데 핵심이 빠져서 효능의 100분의 1 정도밖에 나타나지 않는다.

결국 읍소작전이 시도되었다.

그런데 최종 결재권자인 현수가 3년이 넘도록 무소식이다.

하여 미라힐 시리즈와 홍익인간, 그리고 NOPA와 청향은 이실리프 의료원의 상징이 되어버렸다.

“선생님, 응급 환자입니다.”

“어떤 환자야?”

“공사 현장에서 낙상하여 갈비뼈가 골절된 상태입니다. 부러진 뼈가 폐를 찌르고 있습니다.”

“알았어. 미라힐Ⅲ 100cc 가져와.”

“네!”

간호사가 약을 가지러 달려간다. 현수는 고개만 끄덕이고 물러섰다. 미라힐Ⅲ라면 능히 치료할 수 있음을 누구보다도 잘 알기 때문이다.

‘흐음! 이제 효소가 없겠구나.’

떠나기 전에 상당히 많은 양을 만들어주었지만 이렇게 사용하고 있다면 없을 확률이 매우 높다 생각한 것이다.

이실리프 의료원을 모두 둘러본 현수는 고개를 끄덕였다.

저택으로 돌아와 샤워를 하곤 뼈와 살이 타는 밤을 보냈다. 예상대로 연희는 새벽 무렵 곯아떨어졌다.

손가락 하나 까딱할 기운도 없다면서 매우 행복해하는 미소를 지었다.

사랑하는 남편이 곁에 있음을 새삼 느낀 때문이다.

다음 날, 현수는 반둔두로 향했다.

"어서 오시게."

"네, 장인어른."

현수를 맞이한 것은 이실리프 자치령 행정수반인 권철현이다.

"이실리프 메디슨부터 방문했으면 합니다."

"그러게."

안내를 받아 가보니 이실리프 메디슨은 다른 곳과 달리 보안이 철저하다.

입구에서 신분증을 확인하면서 사전에 약속되어 있는지를 확인한다. 그렇게 하여 안으로 들어서면 현관에서 대기하고 있는 경비원의 안내를 받도록 되어 있다.

회사 업무가 아닌 경우엔 별도로 마련된 접견실에서만 용무를 볼 수 있도록 했다.

외국의 첩보원들이 간혹 접근하기 때문이라고 한다.

현수는 자치령의 상황을 직접 알아보기 위해 일반적일 절차를 거쳤다.

그런데 자치령에서 발급한 신분증을 보여주자 즉시 문을 열어준다. 자치령의 주인임을 알기 때문이다.

경비원의 안내를 받아 현관에 당도하니 낯익은 사내가 꾸

벅 고개를 숙인다.

"어서 오십시오."

"어라! 김지우 연구실장님이 여기엔 어떻게……?"

연구에 매진하고 있어야 할 양반이 현관 앞에서 기다리고 있으니 한 말이다.

"저, 이제 연구실장 아닙니다."

"네?"

"이실리프 메디슨 반둔두 사업본부장입니다."

나이도 있고 하니 현직에서 물러난 모양이다.

"아! 그러시군요. 불편하신 점은 없죠?"

"그럼요. 아주 좋습니다. 모든 게 만족스럽고요."

김지우 연구실장은 가족 전부를 데리고 이곳으로 이주했다. 넓은 집, 깨끗한 자연, 쾌적한 환경, 그리고 오염되지 않은 신선한 먹거리가 이곳으로 이끈 것이다.

"안내 부탁드려도 되죠?"

"물론입니다."

김지우 본부장의 안내를 받아 이곳저곳 둘러보았다.

자치령에서 사용할 일반 의약품 생산 라인도 있고, 미라힐 시리즈를 제조하는 라인도 있다.

"효소가 더 필요하겠군요."

"네, 그것도 시급히 많이 필요합니다. 전에 주신 건 거의

다 떨어졌거든요."

"알았습니다. 만드는 대로 보내드리지요. 이번엔 조금 더 넉넉히 보내도록 하겠습니다."

"그래주시면 고맙지요."

김지우 박사는 크게 고개를 끄덕인다.

현수도 고개를 끄덕이며 둘러보다 직원들과 대화를 나눠 보았다. 격무와 중노동에 시달리지 않는 것은 확실하다.

모두 밝은 얼굴이기 때문이다.

"일하기 힘들지 않아요?"

"전혀요. 여기 정말 좋아요."

원주민은 흰 이를 드러내며 순박한 미소를 짓는다.

"사는 집은 여기서 멀어요?"

"아뇨. 이 근방에서 살아요. 그 집도 아주 좋아요."

몇 가지를 더 물었지만 나쁜 대답은 없다.

주 5일 근무이며, 어떠한 경우에도 야근은 없다.

급여도 만족스럽고 생활환경은 천국이라는데 무엇을 더 묻겠는가!

이실리프 메디슨을 나온 현수는 이곳저곳을 더 둘러보았다. 자치령은 인간에게 가장 이상적인 곳이다.

물가는 싸고 범죄자는 없다. 길가에서 놀고 있는 아이들은 모두 환한 웃음을 짓고 있다. 깨끗한 환경 속에서 무리하지 않는 교육을 받으며 저마다의 소질을 계발하는 곳이다.

시찰을 마치니 행정수반 권철현이 보낸 비서가 다가온다.

"영주님, 권철현 행정수반께서 안내해 드리라고 한 곳이 있습니다."

"그래요? 어디죠?"

"가보시면 알게 될 것이라는 전언이 있으셨습니다."

두말해서 뭐 하겠는가!

비서가 운전하는 차를 타고 가니 경치 좋은 곳에 위치한 거대한 저택이 보인다. 아프리카 대륙엔 없는 한옥 단지이다.

"여긴 뭐 하는 곳인지요?"

"자치령의 주인이신 영주님 가족이 기거하실 곳입니다."

"네?"

"일종의 왕궁입니다. 들어가 보시죠."

행정수반의 비서는 절도 있으면서도 예의 바르다.

돌아보니 창덕궁과 그 후원 같은 느낌이 강하다. 다른 점이 있다면 흙바닥 대신 초지가 많다는 것이다.

아울러 화재를 대비한 개울이 흐르고 있다.

야트막한 담장으로 구획한 이곳엔 현수와 아내들이 기거하는 곳을 중심으로 여러 전각이 배치되어 있다.

그중 가장 큰 것은 현수의 집무처이다. 이실리프 자치령의 대소사에 대해 보고를 받는 자리이다.

이곳에서 현수는 왕이다.

제반 행정은 장인인 권철현이, 치안과 보안은 전 공군참모총장 김성률이 맡고 있다.

가장 큰 전각에 가보니 커다란 회의실이 보인다.

조선시대 왕처럼 대소신료들을 불러다 회의할 일은 없을 것 같다. 행정수반과 통령에게 거의 모두 일임했기 때문이다.

자세히 살펴보니 개량 한옥이다.

널찍한 유리창도 있고 주방엔 싱크대와 수전도 보인다. 화장실과 욕실은 6성급 호텔 수준이다.

"마음에 드십니까?"

"좋군요."

본인과 가족을 생각해서 지어놓은 집인데 어찌 싫다고 하겠는가! 하여 고개를 끄덕이곤 나머지를 둘러보았다.

저택 좌우엔 행정수반과 통령의 공관이 자리하고 있다.

둘 다 개량한옥으로 구성된 대저택이다.

정원을 포함한 현수의 저택은 10만 평 정도이고, 행정수반과 통령의 것은 각각 3만 평 규모이다.

셋 다 아주 잘 꾸며놓았다.

돌아올 땐 비행기를 탔다.

반둔두에서 출발한 비행기는 킨샤사 저택 인근에 새롭게 조성된 공항에 당도했다.

이 공항의 명칭은 이실리프 에어포트이다.

이실리프 의료원이 만들어지면서 항공 수요가 엄청나게 늘어나자 급하게 만든 미니 공항이다. 이곳에선 50인승 이하 소형 비행기만 이착륙한다. 킨샤사 국제공항 때문이다.

그런데 오가는 사람이 너무나 많아서 마치 셔틀버스처럼 운행되고 있다. 오전 6시부터 오후 8시까지 두 시간마다 한 번씩 이륙한다. 물론 인원이 많아지면 추가로 뜨기도 한다.

이 공항의 인근엔 여러 편의시설이 조성되어 있다. 각종 기념품 매장부터 레스토랑 등이 있다.

흘깃 바라보니 성황이다. 이실리프 의료원과 이실리프 테마파크, 그리고 이실리프 수목원을 찾는 사람이 많아서 그럴 것이다.

집에 돌아오니 연희와 철이가 반갑게 맞이한다. 모처럼 사람 사는 맛이 나서 기분이 좋다.

저녁 식사를 마치고 쉬고 있는데 지현과 현이, 그리고 이리냐와 아름이 등이 들어선다.

# CHAPTER 08
## 무지한 자의 신념

"자기야!"

"아아! 자기야!"

"그래, 그래. 어서 와."

현수는 와락 안겨드는 두 여인을 품었다.

"흐흑! 대체……."

"미안. 미안해."

또 한 번 울음바다가 되었다.

진정된 후 살펴보니 지현의 얼굴은 반쪽이 되어 있다.

아이는 점점 커 가는데 아빠가 사라졌으니 어찌 안 그렇겠는가!

돈이 없어서가 아니다.

돈이라면 대한민국 어느 누구보다도 많다. 너무도 사랑하는 사내가 행방불명인지라 가슴을 졸여서 그러하다.

이리냐 역시 펑펑 운다. 아름이는 멋모르고 따라서 운다. 혼혈이라 그런지 아주 예쁘다.

현수는 현이와 아름이를 교대로 안아주었다. 아이들은 생전 처음 보는 아빠지만 아주 잘 따랐다.

늦은 시각이기에 아이들 먼저 재웠다. 그리곤 오랜만에 회포를 풀었다.

지현과 이리냐는 혹시라도 과부가 되는 건 아닌지 노심초사했음을 감추지 않아 미안한 마음이 컸다.

다음 날 아침.

현수는 아내와 아이들을 데리고 부모님께 아침 문안을 여쭸다. 두 분은 처음으로 온 가족이 다 모였다면서 몹시 기뻐하셨다. 철이와 현이, 그리고 아름이는 할아버지와 할머니 무릎에서 내려올 생각이 없는 듯하다.

절로 흐뭇한 미소가 지어지는 흐뭇한 풍경이다.

아침 식사를 마친 현수는 비행기를 타고 반둔두 자치령의 드넓고 비옥한 농장을 둘러보았다.

도보로 구경하기엔 너무도 큰 때문이다.

바나나 농장은 마포구와 서대문구를 합쳐놓은 것만큼 컸고, 파파야와 파인애플 재배지는 강남구와 서초구, 그리고 송파구를 합쳐 놓은 것만큼 크다.

이런 농장들을 어찌 걸어서 구경하겠는가!

휘휘 둘러보니 아리아니가 보이지 않는 곳에서 식물 생장에 관여하고 있음을 확인할 수 있다.

물의 최상급 정령 엘리디아는 식물이 필요한 만큼의 수분을 공급하고 있고, 땅의 최상급 정령 노에디아는 잘 자라도록 양분을 조절하고 있다.

바람의 최상급 정령 실라디아와 불의 최상급 정령 이그드리아는 축산 쪽의 일을 돕고 있다.

2015년 3월에 환경부가 발표한 가축 분뇨처리 통계에 따르면 젖소를 포함한 소 사육 두수는 약 350만 마리였다.

그런데 반둔두에만 400만 마리의 소가 자라고 있다. 당연히 엄청나게 많은 축사가 줄지어 있다.

그런데 중간중간에 공장 같은 건물이 보인다. 하여 동승한 자치령 관리에게 물어보니 축산분뇨 처리장이라 한다.

사육 두 수가 워낙 많기에 매일 엄청난 양의 분뇨가 발생되고 있다.

350만 마리가 있는 한국의 통계자료엔 하루에 약 7만 6,500㎥라 기록되어 있다.

자치령 축산분뇨 처리장에선 이를 전량 수거한 뒤 비료로 만들고 있다. 그런데 냄새가 거의 나지 않아 이를 물어보았더니 제대로 된 대답을 하지 못한다.

이때 아리아니의 전음이 있다.

'주인님, 분뇨를 비료로 만드는 과정에서 나는 냄새는 실라디아가 제어하구요, 이그드리아가 이를 받아 태워 버려요. 그래서 냄새가 하나도 안 나는 거예요.'

'그래?'

'네, 그리고 둘은 매일 축사를 돌며 해로운 것들이 접근할 수 없도록 태워 버리고 있어요.'

사람들의 눈에는 뜨이지 않는 바이러스나 박테리아도 정령들은 감지하니 어려운 일은 아닐 것이다.

'그럼 구제역이나 돈 콜레라, 그리고 조류독감 같은 건 걱정 안 해도 된다는 거지?'

'네, 그래서 그런 것에 감염되지 않도록 매일매일 살피는 거예요. 이게 다 제가 지시한 거랍니다. 헤헷! 잘했죠?'

아리아니는 시키지도 않았음에도 알아서 한 일이니 자신의 공을 알아달라는 듯 우쭐해한다.

'잘했네. 진짜 잘했어. 근데 정령들을 여기에 묶어놓으면 어떻게 해? 자치령이 여기 하나만 있는 게 아닌데.'

'아! 그건 걱정 안 하셔도 돼요. 정령들은 얼마든지 자신을

쪼갤 수 있으니까요.'

'정령을 쪼개? 그게 무슨 소리야?'

'흐음! 편형동물에 속하는 생물 중 플라나리아(Planaria)라는 걸 혹시 아세요?'

'당연히 알지. 재생력이 엄청 강해서 몸의 100분의 1짜리 작은 조각에서도 전체가 재생되는 거잖아.'

'맞아요. 정령이 그래요. 그래서 여러 곳에서 분체들이 임무를 수행하는 중이죠.'

'그럼 일종의 클론인 건가?'

'뭐, 그렇게 이해하셔도 돼요.'

현수는 고개를 끄덕여 아리아니에게 칭찬을 해주었다.

의문점을 푼 현수는 관리인에게 시선을 주었다.

"저기서 생산된 비료는 어디에서 사용되지요?"

"거의 대부분 농장에서 소모되죠. 남는 건 북한으로 보내고 있습니다."

"북한이요?"

"네, 그쪽 토양이 워낙 박해서 엄청난 양을 보내는데도 아직 충분치 않다고 합니다."

"으음!"

벌여놓은 일이 워낙 많으니 확인할 것도 많다.

그러거나 말거나 비행기는 저공비행을 하며 자치령 곳곳

을 보여주고 있다.

비탈진 산지엔 커피나무가 생장하고 있고, 들판에선 바나나, 파인애플, 파파야, 두리안 등이 익어가고 있다.

우사와 돈사, 그리고 계사에선 소, 돼지, 닭이 왕성한 식욕을 보이고 있다.

마지막으로 둘러본 곳은 농지이다.

각종 곡물 농사가 한창이다. 그중 쌀을 유심히 살펴보았다. 라이셔 제국에 머물 때 성녀와 더불어 쌀의 품종개량 작업을 했다. 그때 준 종자를 파종한 듯싶다.

"논이 인상적이군요. 쌀의 수확량은 어때요?"

"아, 저거요? 저희는 저걸 미라클 라이스라 부릅니다. 수확량이 기존 벼의 열 배 정도입니다. 맛도 아주 좋고요."

확실히 성녀와 함께 종자 개량을 한 그것인 모양이다.

"3모작을 하나요?"

"네, 그렇긴 한데 지력을 고려하여 감자, 벼, 사탕수수 순으로 3모작을 합니다."

"감자를 심었다 수확하고, 거기에서 쌀을 수확한 뒤엔 사탕수수를 심는다는 건가요?"

"맞습니다. 그래야 지력이 저하되는 걸 줄일 수 있다고 해서 그렇게 하고 있습니다."

사람들은 지력이 떨어지지 않도록 노에디아가 애쓰고 있

음을 모르기에 이런 방법을 쓰는 모양이다.

그렇기에 현수는 별다른 대꾸를 하지 않았다. 감자와 사탕수수도 필요한 작물이기 때문이다.

비행기를 타고 둘러본 농작물 경작지는 그야말로 어마어마하다. 지평선 끝까지 모두 싱싱한 식물이 재배되고 있다.

중간중간에 위치한 저장 창고의 규모 또한 엄청나다. 곡물을 가공하는 공장에선 분주한 움직임이 느껴진다.

"인상적이군요."

생각보다 도로와 농지 등이 훨씬 잘 정비되어 있다.

인상적이라 한 것은 이것들이 유기적으로 배치되어 있어 손실이나 낭비를 최대한 줄이려 노력했다는 것이다.

다시 말해 효율 극대화를 꾀한 일종의 계획 농업 및 축산 등이 진행되는 현장이라는 말이다.

"일하시는 분들은 어떻답니까? 불만사항이나 요구사항 같은 건 없나요?"

"있지요. 왜 없겠습니까."

관리인은 갓 채용된 원주민이라 현수가 누군지 모른다.

사무실마다 사진이 걸려 있기는 하지만 대충 보았기에 어디서 본 듯한 얼굴이라는 느낌만 있을 뿐이다.

어쨌거나 이 관리는 행정수반으로부터 내려온 지시에 따라 안내를 맡았을 뿐이다. 그렇기에 속사정을 털어놓는다.

"공급이 원활치 않은 각종 생필품이 조금 더 빨리, 그리고 더 많이 들어왔으면 합니다. 그리고 학교 수업을 개선시켜 달라고 합니다."

권철현 행정수반의 말에 따르면 반둔두 자치령 내의 거주자 숫자는 약 200만 명이다.

콩고민주공화국 원주민 160만 명과 한국 등지에서 온 이주민 40만 명이다.

원주민은 주로 농업과 축산업 등에 투입되어 있고, 한국 등지에서 온 이주민들은 가공업 등 기타 산업 부문에서 일하고 있다.

자치령을 건설할 때 최우선적으로 진행한 것은 거주민들을 위한 주택과 농지 개발, 그리고 축산단지 건설 등이었다.

대단히 넓은 지역이라 많은 사람이 투입되었음에도 아직도 다 개발된 것은 아니다. 이러니 각종 생필품을 생산하는 공장들까지 모두 갖추진 못했다.

현재는 한국 등으로부터 수입하여 공급하고 있을 것이다. 따라서 생필품 수입 물량을 늘려달라는 뜻으로 이해했다.

그런데 이는 현수의 오해이다.

각종 생필품은 필요한 만큼 충분히 공급되고 있다.

방금 전 관리가 부족하다 한 것은 자동차나 오토바이를 뜻하는 말이다. 대중교통 수단까지 완비된 것이 아닌지라 이동

수단이 필요한 것이다.

자치령 사람들의 평균 급여는 약 100만 원이다.

그럼에도 불만이 없다. 워낙 물가가 싸기 때문에 한국에서 월 1,000만 원을 받는 것이나 다름없다.

이 정도면 충분히 먹고살 만하다.

게다가 자치령에선 주거를 제공한다. 가족 수에 따라 평형만 다를 뿐이다.

임대보증금 같은 건 없다.

다만 감가상각을 고려한 사용료는 받는다. 32평형 아파트의 월 임대료는 고작 5만 원 정도이다.

전기는 곳곳에 설치된 태양광 발전 설비에서 공급되므로 이 또한 무상에 가깝다.

대한민국 가정에서 월 350㎾h의 전기를 사용한다면 매달 약 6만 5,000원을 내야 한다.

그런데 이곳 반둔두 자치령에서 같은 양의 전기를 사용할 경우 내는 비용은 겨우 2,000원 수준이다.

30분의 1에도 미치지 못하는 적은 금액이다.

태양광 발전 설비의 감가상각비를 고려하지 않았다면 이마저도 받지 않았을 것이다.

한국의 가정에서 사용하는 평균 가스 양은 약 103㎥이며, 요금은 약 10만 4,000원이다. 겨울에 보일러를 가동하는 경우가 포함된 평균치이다.

반둔두에서는 이보다 훨씬 적은 양을 사용한다. 가정마다 약간씩 다르지만 10㎥를 넘겨 사용하는 가정이 드물다.

이럴 경우 약 1.200원을 사용료로 납부한다. 한국과 비교했을 때 80분의 1에도 미치지 못한다.

이 비용도 가스관 유지 보수비용의 일환이다. 따라서 가스는 무상 공급되는 셈이다.

상수도 역시 100% 무료이다. 수자원이 풍부한 지역인지라 따로 비용을 청구하지 않는다. 다만 하수도의 경우엔 처리 비용을 청구하는데 이 역시 매우 적은 금액이다.

한국과 비교하면 약 100분의 1이다.

소위 다운타운이라 불릴 만한 곳엔 주민들을 위한 펍이나 패밀리 레스토랑이 있다.

한국에서는 맥도널드 빅맥 세트와 베이컨 토마토 디럭스 세트를 배달시킬 경우 각각 6,100원과 7,100원을 지불해야 한다.

하지만 같은 품질의 햄버거를 다운타운에서 먹을 경우엔 각각 120원과 130원을 내면 된다.

50분의 1도 안 되는 진짜 저렴한 가격이다.

이때 사용되는 식재료는 싱싱 그 자체이다. 유기농 채소와 신선한 쇠고기가 쓰인다.

아웃백이나 빕스 같은 패밀리 레스토랑에서 배불리 먹는

것처럼 먹어도 200원을 넘지 않는다.

자치령 정부에서 주민복지를 위해 신선한 쇠고기와 야채를 거의 무상으로 공급하기 때문이다.

교육부문을 살펴보면 초등, 중등, 고등학교 과정까지 모두 무상 교육이다. 물론 급식비 포함이다.

그런데 한국의 어느 지역에선 가난한 것을 증명해야 무상급식을 제공했다. 소위 '가난 증명' 이라는 걸 하기 위해 상당히 많은 서류를 제출해야 했다.

01. 서민 자녀 교육 지원 사업 신청서
02. 소득 재산 신고서
03. 금융 정보 제공 동의서
04. 개인 정보 수집 이용 조회 제공 동의서
05. 개인 정보 제공 동의 및 미성년자 법정 대리 동의서
06. 고용 임금 확인서, 또는 일용 근로 소득 사실 확인서
07. 소득 금액 증명원
08. 사업자등록증
09. 건강보험료 납부영수증, 또는 부과 내역서
10. 지방세 세목별 과세 증명서
11. 임대차 계약서 사본
12. 차량 보험 가입 증서 사본

13. 예금 잔액 증명서(예금, 적금, 보험 등)

14. 부채 증명원(금융기관 대출금 확인)

이를 본 한국의 누군가 이런 말을 했다.

《 무지한 놈이 신념을 가지면 위험하다! 》

따라서 '욕먹는 리더십이 필요한 때' 라는 헛소리나 지껄이는 자질도 없는 자에게 함부로 권력을 쥐어주는 바보 같은 짓을 되풀이해선 안 된다.

어쨌거나 자치령에선 고등학교까지 완전 무상이다.

다만 대학교육 이상은 수업료가 있다. 무분별한 진학을 막기 위해 한 학기당 약 40만 원을 받는다.

급여 평균이 100만 원이니 자치령 물가에 비하면 엄청 비싼 금액이다. 한국에서처럼 자질도 없음에도 무조건 진학하지 말고 꼭 필요한 사람만 배우라는 뜻이다.

자치령은 한국처럼 경쟁적인 줄 세우기를 하지 않는다. 그래서 시험을 봐도 석차를 매기지 않는다. 성적은 본인이 어느 정도 성취를 했는지 파악하기 위한 자료로만 쓰인다.

대신 많은 시간을 할애하여 저마다 가진 소질을 계발하여 행복한 인생을 살 수 있도록 보조한다.

학교를 마치면 누구나 취업할 수 있다.

당연히 급여는 직종에 따라 다르다. 직업을 갖기 위해 필요한 전문지식을 습득하는 것에 대한 차이는 인정한 것이다.

다만 가장 낮은 급여를 받는 사람이라 할지라도 생활하는데 아무런 지장이 없는 수준은 된다.

대학을 졸업하고도 공부를 계속하려는 자들은 시험을 치른다. 이것을 통과하면 다시 무상교육이 실시된다.

자치령의 두뇌들이기 때문이다. 하여 급여도 지불된다. 다시 말해 돈을 받으면서 공부를 계속하게 되는 것이다.

이들의 처우는 당연히 일반인보다 낫다.

어쨌거나 자치령은 이제 직업 및 주거가 안정된 상태이다. 게다가 극빈자 층이 없는 이상적인 사회이다.

하여 일종의 마이카 붐이 일고 있다.

한국으로부터 계속 수입하고 있지만 아직 수요를 충분히 따라잡지 못하는 상황이다. 이실리프 모터스의 생산력이 아직 수요를 감당하지 못하기 때문이다.

현수가 보기에 자치령 주민들은 활기찬 표정이다. 하긴 근심걱정이 거의 없으니 당연한 일이다.

시찰을 마친 후 장인을 찾아뵙고 비날리아 지역의 현황에 대해 들었다. 이곳과 별반 다를 바 없다고 한다.

장인은 일주일 단위로 반둔두와 비날리아 지역을 오가며

업무를 보고 있다. 김성률 통령과 맞교대하는 형식이다.

그곳에도 이곳과 비슷한 규모의 저택이 지어져 있다고 한다. 다만 습도가 높은 지역이라 한옥이 아니라고 한다.

"그래요? 뭐 현대식 건물도 괜찮죠. 참, 어젯밤에 지현이 왔습니다."

"오! 그래? 현이도 데리고 왔는가?"

"그럼요. 이따 장모님과 함께 킨샤사로 오십시오. 아버지가 장인어른과 한잔하고 싶다 하십니다."

"그래? 그거 좋지!"

술 좋아하는 장인인지라 단박에 얼굴이 환해진다.

듣던 중 반가운 소리라는 뜻이다.

이곳에선 지엄한 행정수반 직을 수행하여야 하기에 마음 놓고 술을 못 마신 것이다.

"제가 좋은 술로 준비해 놓겠습니다. 그리고 장인어른을 위해 특별히 준비한 것도 있으니 꼭 오십시오."

바이롯 세트라 이름 붙인 활력증강제를 주려는 것이다.

"그럼, 그럼! 걱정 붙들어 매게. 꼭 가겠네. 그나저나 더 둘러봐야지?"

"네, 이번엔 차를 타고 돌아보겠습니다."

"그래, 그러게."

현수는 축산물 가공 공장도 둘러보았다.

신선육과 냉장육, 그리고 냉동육이 제조되는 과정을 살펴보았다. 위생상 문제가 없는가를 확인한 것이다.

육포와 소시지, 그리고 햄과 베이컨이 만들어지는 것도 살펴보았다. 그 밖에 상당히 많은 종류의 농 · 축산물이 깨끗한 환경 속에서 가공되고 있다.

농장 규모가 크기에 이런 공장이 수십 군데나 더 있다고 한다. 하긴 이곳의 규모만 해도 대한민국의 절반 크기이다.

따라서 가공공장이 많은 건 당연한 일이다.

모든 상표는 '이실리프 자치령' 으로 통일되어 있다.

라벨을 읽어보니 제품의 생산 및 가공 과정 전부가 상세히 기록되어 있다. 가격표도 붙어 있다.

하여 인터넷으로 가격을 비교해 보았다. 한국에선 340g짜리 햄 한 캔의 가격이 1,690~4,200원이다.

이실리프 자치령에서 생산된 것은 120원이다.

한국에서 팔리는 것 중 가장 저렴한 것의 약 14분의 1이며, 가장 비싼 것과 비교하면 불과 35분의 1이다.

거의 거저라 할 수 있는 값이지만 질은 국내산보다 나으면 나았지 결코 못하지 않을 것이다.

내친김에 계란 가격도 비교해 보았다.

한국에선 60g짜리 특란 열 개의 소매가가 3,000원이다. 이곳에선 100원에 팔고 있다.

한우 등심 1등급 이상 1kg의 국내 소매가는 72,000원이다. 이곳에선 같은 품질이 불과 1,200원이다.

돼지고기 삼겹살 1kg의 국내 소매가는 19,800원이다. 이곳에선 겨우 1,000원에 팔리고 있다.

흰 우유 1,000*ml*짜리 1팩의 국내 소비자가는 2,520원이다. 이실리프 자치령에서 생산된 것은 고작 60원이다.

계란은 30분의 1, 쇠고기는 60분의 1, 돼지고기는 20분의 1, 흰 우유는 40분의 1 가격이다.

이실리프 라면이라는 게 있어서 가격을 살펴보았더니 한 봉지에 불과 12원이다. 이 정도면 가격을 비교하는 것 자체가 어리석다는 생각이 들 정도이다.

"흐음, 살기는 괜찮겠군."

현수는 기분이 좋아졌다. 거저나 다름없다는 생각이 들 정도로 저렴한 물건 가격이 마음에 든 것이다.

슬슬 걸어서 시가지로 나가보았다.

커피숍에서 한잔 마시며 또 한 번 가격을 비교해 보았다.

아메리카노 한 잔이 20원이다. 두 번까지는 리필도 해준다고 한다. 커피와 사탕수수 등 커피의 원료 전부가 자체 생산되니 비싸지 않는 것이 맞다.

자동차 전시전이 있어 들어가 보았다. 처음 보는 모델의 차가 있다.

엠블럼을 보니 이실리프 모터스의 것이다. 그러고 보니 이 곳에선 폼 잡기 위해 타는 자동차를 못 본 듯하다.

그리고 대형차도 없다.

카탈로그를 보니 네 종류의 자동차가 팔리고 있다.

800cc, 1,000cc, 1,200cc, 그리고 1,500cc급이다.

각각의 가격은 125만 원, 180만 원, 210만 원, 그리고 250만 원이다. 이것 역시 국내 판매가의 10분의 1가격이다.

한 가지 마음에 안 든 점은 연비이다. 1500cc급은 리터당 약 17㎞를 가는 것으로 표기되어 있다.

"흐음! 엔진 마법진도 왕창 만들어야겠군."

3년 이상의 세월이 흘렀으니 마법진이 부족한 것이 당연하다.

그러고 보니 디오나니아 재배지도 다녀와야 한다.

꽃은 '디오나니아의 눈물'이라는 천연 향수의 원료이고, 열매는 NOPA 제조에 꼭 필요하다. 이 밖에 잎사귀는 방탄복 제조에 사용된다.

말할 것도 없이 쉐리엔도 엄청 많이 필요할 것이다.

뿐만이 아니다. '아르센의 공주'라는 천연 향수의 원료 포인세도 확보해야 한다.

"그러고 보니 쏘러리스의 간과 스콜론의 독액을 이용한 동물성 해독제가 어찌 되었는지를 물어보지 않았네."

쏘러리스는 소처럼 생긴 미노타우로스의 조상이고, 스콜론은 전갈처럼 생긴 독충이다.

"아! 디오나니아 잎사귀의 가시로도 식물성 해독제를 만들어낼 수 있다는 걸 깜박했네."

현수는 생각나는 것들을 메모하기 시작했다. 확인할 것이 너무나 많아서이다.

"그러고 보니 잊은 게 또 있네. 근데 주영이가 율인전자 최지원 사장으로부터 납품은 받았을까?"

선택 온도 유지마법진을 창안한 뒤 마법진이라는 것을 감추려 전자제품처럼 디자인한 것을 주문한 바 있다.

1차 주문 물량 10만 개는 납품받았을 것이다. 주문과 동시에 현금으로 대금은 지불했기 때문이다.

2차와 3차는 100만 개씩, 4차는 500만 개를 주문하라고 메일을 보냈다.

돈이야 있으니 문제가 없지만 이 많은 물량을 확보해 놨는지는 알 수 없다. 그것을 어떤 목적으로 사용하려는지에 대해선 알려주지 않은 때문이다.

"아마 받았을 거야. 참, 리우 건설공사는 어떻지?"

시계를 확인해 보니 정오쯤이다. 서울과 킨샤사의 시차는 서울이 8시간 빠르다.

그렇다면 지금은 오전 4시쯤 된다.

"흐음! 아직 자고 있겠구나."

현수는 서둘러 시찰을 마쳤다. 그리곤 곧장 킨샤사 저택으로 귀환했다.

* * *

"다녀오셨어요?"

"응. 애들은?"

마치 10년은 넘게 산 부부 같은 대화이다.

"다들 자요. 잘 시간이거든요."

지현이 함초롬히 웃음 짓는다. 현수를 바라보는 것만으로도 충만한 행복감을 느끼기 때문이다.

"후후, 후후후!"

현수 또한 입가에 절로 미소가 어리는지라 나지막한 웃음소리를 낸다.

"이따 장인어른과 장모님께서 오신다고 했어."

"어머! 그래요? 그럼 만찬을 준비해야겠네요."

"응. 어르신들에겐 이 술을 드리고."

아공간의 엘프주를 꺼내주자 이게 웬 것이냐는 표정이다.

"이건 마시면 몸이 건강해지는 술이야."

"칫! 세상에 그런 술이 어디 있어요? 아무리 귀한 술이라도 마시면 간이 나빠지잖아요."

"이따 자기도 마셔봐. 내 말을 믿을 테니. 알지? 백문이 불여일견이라는 거."

"좋아요. 두고 보죠."

지현이 냉장고를 열 때 아공간에서 크리스털 술병을 꺼냈다. 보기 좋은 떡이 맛도 있다는 말을 떠올린 것이다.

마차 닭 벼슬처럼 생긴 뚜껑이 있는 이것의 모양은 프랑스 코냑 중 하나인 '헨리4세 두도뇽(Henri IV Dudognon Heritage)'의 그것과 비슷한 형상이다.

이것은 아르센 대륙의 장인 종족이 만든 것인데 멀린의 드래곤 레어에서 가져온 것이다.

"참, 여기에 옮겨 담아서 드려."

"어머! 이거 뭐예요? 정말 예뻐요."

지현은 주당인 부친이 있기에 수많은 술병을 접한 바 있다. 하지만 이렇듯 화려한 것은 본 적이 없다.

헨리4세 두도뇽은 1776년에 설립된 메종 두도뇽에서 딱 한 병만 생산된 코냑이다.

4kg의 백금과 6,500개의 다이아몬드로 장식된 이 병에는 100년 넘게 숙성된 프랑스 코냑 원액이 담겨 있다.

지현의 부친이 제아무리 잘나가는 대한민국의 고검장이었다 하더라도 구경조차 못해 봤을 것이다.

이 술 한 병의 가격이 무려 22억 원이기 때문이다.

기네스북에도 올라 있는 현존 최고가 코냑이다.

지현이 감탄사를 터뜨릴 때 현수는 아공간에서 엘프주 몇 병을 더 꺼내 냉장고에 넣었다.

자신이 없는 동안 마시고 싶으면 마시라는 의도이다.

'그러고 보니 엘프들로부터 엘프주 담는 법을 배워야 하는데, 언제 배우지? 근데 다들 잘 있을까?'

문득 바세른 산맥 아랫자락에 자리 잡은 이실리프 자치령의 아카데미에서 정령술을 가르치고 있을 하일라 토들레아 남매가 떠오른다.

엘프주는 천연 피톤치드를 다량 함유하고 있다. 하여 이걸 마시면 숲의 진한 향기가 코끝에 어리는 듯하다.

달콤하며 향기롭다. 도수가 제법 높음에도 불구하고 목 넘김이 부드러워 마실 때 부담스럽지 않다.

적당량을 마시면 스트레스가 확연히 감소되고 숙면을 유도한다. 아울러 각종 피부 질환이 해소되며 치매를 예방한다.

결정적인 것은 간 기능 개선 효과를 보인다는 것이다.

물론 모든 것이 과하면 아니함만 못하므로 고주망태가 될 때까지 마시면 이런 효과가 확실하게 줄어든다.

# CHAPTER 09

## 피터의 걸작 금고

“너무 많지 않아요?”

현수가 냉장고에 넣은 건 약 20리터 정도 된다. 두 사람이 마시기엔 당연히 많다.

“우리도 마셔야지. 그리고 오늘만 날인가?”

“그건 그러네요.”

지현은 혀를 쏙 내민다. 이럴 때 보면 애 엄마가 아닌 것 같다. 와락 안아주고 싶은 마음이 절로 솟는다.

“참! 장인어른 가실 때 가져가실 건 따로 꺼내놓을게.”

“네, 근데 많이 드리진 마세요.”

"그래, 걱정 마."

현수는 싱긋 웃어주었다. 그리곤 아내들을 데리고 이실리프 수목원에서 한가로운 오후를 즐겼다.

아리아니와 정령들, 그리고 가이아 여신의 축복 덕분인지 모든 수목이 싱싱하다. 달콤한 향기를 뿜는 꽃들도 만개하여 저마다의 아름다움을 뽐내고 있다.

과실이 주렁주렁 달린 것도 많다. 수림 사이에 심어놓은 바이롯 역시 아주 싱싱하다.

치치치치! 치치치치! 취취취취—!

소리가 들려 시선을 돌려보니 물 줄 시간인지 스프링클러가 작동하고 있다. 작은 물방울이 햇빛에 어우러지자 수많은 무지개가 보인다. 장관이다.

바이롯에 시선을 주니 민주영이 생각난다.

'녀석이 아주 좋아하겠군.'

아무리 바빠도 이실리프 바이롯의 사장 자리만큼은 자신에게 달라던 친구이다. 침실의 제왕이 되고 싶은 때문이다.

'이따 통화해 봐야지. 근데 욕하겠지?'

3년이 넘도록 모든 일을 떠넘긴 채 종적을 감췄으니 이를 갈고 있을 것이다.

"에구! 쩝!"

현수는 뭐라 변명해야 할지 난감했다. 기억상실 이야기를 꺼내는 것이 왠지 남세스런 때문이다.

'그래도 그거밖에 없지.'

마음을 정하곤 느긋하게 수목원을 돌아보았다.

이곳은 현수 일가와 러시아 무스크하코에서 이주해 온 러시아인만 드나드는 곳이다.

다시 말해 외부인 출입금지인 곳이다.

천천히 걸으며 사랑하는 아내들에게 입맞춤을 해주었다. 근무시간이 지나 아무도 없으니 남의 눈치를 볼 일은 없다.

"어서 오십시오, 사돈! 안사돈께서도 그간 안녕하셨지요?"

"하하! 네, 그럼요. 사돈도 잘 지내셨지요?"

"물론입니다. 자, 안으로 드시지요."

입구에 있던 현수의 부친이 권철현 행정수반 부부를 안으로 안내한다.

"아빠! 엄마!"

"하라부지! 할무이!"

지현과 현이가 반가운 표정을 지으며 다가선다.

"하하! 그래, 우리 현이도 잘 있었지? 자, 이건 할아버지 선물이다."

권철현 행정수반이 현이에게 건넨 것은 자치령에서 생산하는 초콜릿이다.

"와아! 마시께따."

현이는 부지런히 포장을 벗긴다. 그리곤 곧장 철이와 아름이에게 내민다.

"이건 형아가 먹어. 이건 예쁜 아름이가 먹고."

"응, 고마워."

"응, 오빠."

아이들의 하는 짓을 지켜보던 어른들의 입가에 부드러운 미소가 어린다. 사이가 너무 좋으니 흡족한 것이다.

이때 엘린 가가바가 다가온다.

"만찬 준비 다 되었습니다, 가주님."

"네, 알았습니다. 자, 어서 가시죠. 철아, 현아, 그리고 아름아. 초콜릿은 밥 먹고 이따 먹자."

"네, 아빠!"

세 녀석은 이제 겨우 하루밖에 안 본 아빠가 몹시 마음에 드는지 환히 웃으며 소리친다.

엘프주를 곁들인 저녁식사 분위기는 화기애애했다.

부친과 장인은 술 맛에 감탄하느라 여념이 없고, 모친과 장모들은 수다를 떠느라 정신이 없었다.

지현과 연희, 그리고 이리냐는 이리저리 날뛰는 철이와 현이, 그리고 아름이에게 밥을 먹이느라 전쟁을 벌여야 했다.

그래도 근심걱정 하나 없는 아주 행복한 순간이었다.

장인과 장모는 빈관으로 자리를 옮겼다.

아버지와 장인어른은 2차를 하고, 어머니와 장모님은 밀린 수다를 떨어야 하기 때문이다.

* * *

"주영이냐? 나다."

"누구? 설마 현수? 야! 야! 야! 너 인마!"

주영이 버럭 소리를 지른다.

"미안하다."

"너 진짜! 너, 지금 어디냐? 응?"

"여기 킨샤사야."

"으으! 으으으! 내가 미친다, 미쳐!"

주영이 앓는 소리를 한다. 현수의 음성을 듣는 순간 그간의 고통과 고뇌가 한순간에 기억난 탓이다.

"미안하다. 내게 문제가 생겨서 연락도 할 수 없었어."

"문제? 무슨 문제? 대체 무슨 문제이기에 3년이 넘도록 전화 한번 못한 거냐? 어디 들어나 보자. 딴 데 살림 차렸어? 대체 얼마나 이쁘길래……. 아니다, 이건 아니겠구나."

지현과 연희, 그리고 이리냐는 그냥 미녀가 아니다.

눈을 씻고 찾아봐도 어디서도 찾을 수 없는 초특급 미녀 중에서도 초특급이다.

모든 기업체에서 CF에 출연해 주길 갈망하고 있다. 연예기획사와 방송국에서도 출연만 해달라며 굽실거린다.

따라서 현수가 다른 여자와 바람이 나서 살림을 차렸다는 건 말이 안 된다. 하여 얼른 말을 바꾼 것이다.

"그게… 사실은 내가……."

현수는 기억상실증을 또 한 번 팔아먹었다.

"야! 그 거짓말 진짜야?"

현수의 이야기를 모두 들은 주영의 첫 반응이다. 당연히 믿을 수 없다는 의미가 내포되어 있다.

"그래, 아무런 방비도 없이 있다가 부지불식간에 당했어. 그래서… 근데 야, 넌 친구 말을 안 믿는 거냐?"

"그래! 너 같으면 믿겠냐? 니가 누군데!"

현수는 깨갱할 수밖에 없었다.

"하긴……. 그래, 아무튼 사실이 그러하다. 믿어줘라."

"좋아, 내일 당장 귀국하면 믿어주지."

"야야, 내일은 좀 그렇지. 며칠 말미를 줘. 여기도 지금 분위기가 그렇다."

"쩝! 그렇겠구나. 아무튼 잘해줘라. 너 없어졌다고 아버님, 어머님이 뭐라 하셨을 때 마음고생 심했으니까."

"그래, 알았다. 조만간 보자."

"오냐. 오거든 거하게 한잔 사야 하는 거 알지?"

"그래, 그럴게. 참, 내가 궁금한 건 이메일로 보낼 테니까 회신이나 빨리 해주라."

"그랴. 끊어."

수화기를 내려놓곤 안도의 한숨을 내쉬었다. 산 하나를 넘은 기분이 든 탓이다.

통화를 마친 현수는 바로 이메일을 작성했다.

이실리프 계열사 전체의 근황을 알고 싶기 때문이다. 그러다 시계를 바라보았다.

오후 10시 30분을 약간 넘었다. 뉴욕은 5시간 늦으니 그곳 시각은 5시 30분일 것이다.

현수는 아공간에서 다이어리를 꺼내 전화번호를 확인하고 전화를 걸었다.

♩♪♬♪♬♩~♩♪♬♪♩~♩♬♪♬~

어디서 많이 들어본 멜로디인 듯하여 잠시 이맛살을 좁힌 현수는 피식 실소를 흘렸다.

뉴욕대 수학교수 미하일 그로모프 교수의 조카 윌리엄 그로모프에게 주었던 In the moonlight의 멜로디이다.

이것을 해금[7]으로 연주해 놓아 잠시 낯설어한 것이다.

"Hello! This is Cameron. How can I help you?"

---

7) 해금(奚琴) : 국악기 중 사부(絲部)에 해당하는 찰현악기. 말총으로 만든 활을 안줄과 바깥 줄 사이에 놓고 문질러서 연주한다.

"Long time no see. This is your boss."

"Excuse me! Who? Oh! My god! Meanwhile, why did not you call? Do you know how many times I' ve been waiting for? Really……."

윌슨 카메론은 작심하고 있었는지 속사포를 쏘아댄다. 얼마나 걱정을 하며 기다렸는지 충분히 짐작이 된다.

"I' m sorry. Really sorry. When I was……."

현수는 윌슨 카메론에게도 기억상실 핑계를 댔다. 그러면서 거짓말하는 것이 몹시 미안했다.

하지만 어쩌겠는가! 마인트 대륙과 아르센 대륙에서 있던 일은 아무에게도 말할 수 없는 비밀이다.

"아무튼 애썼어요, 카메론. 근데 그쪽 일은 어때요? 궁금한데 곧바로 현황 보고 되겠어요?"

"네, 보스. 바로 이메일로 보내드릴 테니 확인하시고 궁금한 점이 있으면 바로 연락 주세요."

"그러죠."

"이번엔 잠수하시면 안 됩니다."

"물론이에요. 조만간 그쪽으로 가서 한잔 살게요."

"네, 기대해도 되죠?"

"그럼요!"

기분 좋게 통화를 마쳤다. 음성만 들어도 이실리프 트레이딩은 순항하고 있음이 느껴진 때문이다.

잠시 후, 이메일이 왔다는 신호가 보인다. 늘 준비하고 있던 모양이다.

현수가 이메일을 열어 보니 보안 메일이다. 하여 절차에 따라 변환 코드를 적용시켰다. 다음이 그 내용이다.

2018년 7월 현재 이실리프 트레이딩 현황

◉ 자산 총액: 3조 2,866억 8,718만 2,279달러

| 자산운용처 | 투자금액(unit : $) | 지분율 |
| --- | --- | --- |
| Apple | 3,624억 7,740만 | 51.1% |
| Microsoft | 1,929억 7,297만 | 51.3% |
| Exxonmobil | 1,949억 7,356만 | 51.2% |
| Google | 1,850억 2,876만 | 51.4% |
| Wal-mart | 1,436억 6,322만 | 51.5% |
| Facebook | 1,006억 4,414만 | 52.3% |
| Amazon | 841억 5,135만 | 51.5% |
| Intel | 842억 5,088만 | 52.1% |
| ⋮ | ⋮ | ⋮ |

이 밖에도 자산이 투자되어 있는 회사 목록은 상당히 많았다. 대충 헤아려 봐도 200개가 넘는다.

이 중엔 이름만 듣고도 어떤 기업인지 충분히 짐작되는 것

들이 망라되어 있다.

코카콜라, 월트 디즈니, IBM, 존슨 앤 존슨, 네슬레, 스타벅스, 팀버랜드. 맥도날드, 펩시, 코스트코 등이다.

지분율은 거의 대부분 50%를 넘기고 있다. 언제든 경영권을 가져올 수 있는 충분한 지분을 확보해 놓았다.

목록을 보니 상당히 많은 유대인 기업이 포함되어 있다.

윌슨 카메론 등 이실리프 트레이딩의 직원들은 전원 유대인이라면 이를 가는 사람들로 구성되어 있다. 그래서 그런지 정말 악착같이 지분 확보에 열을 올린 듯하다.

"근데 돈이 엄청나게 늘었네."

3년쯤 전엔 1,368억 달러 정도였다. 그런데 이것의 24배쯤 되는 금액으로 늘어나 있다.

"보너스는 제대로 챙겼을까?"

마지막으로 보낸 메일엔 매년 연말이 되면 한 해 동안 거둔 수익의 1%를 직원들에게 보너스로 지급하라고 했다.

그때 자본금은 약 1,368억 달러였다. 이를 잘 운용하면 상당한 수익을 올릴 수 있을 것이다. 따라서 총 수익 금액의 1%라는 인센티브는 결코 적은 액수가 아닐 수 있다.

직원들이 미래에 받을 보너스를 기대하고 더 열심히 일해줄 것이라 생각한 것이다.

어쨌거나 3조 2,866억 8,718만 2,279달러는 엄청난 액수이다.

그간 환율에 변동이 생겨 1달러당 1,100원 대로 바뀌어 있다.

이걸 적용해 보면 이실리프 트레이딩의 자산총액은 무려 3,615경 3,557조 원 정도가 된다.

대한민국의 2015년 예산이 대략 357조 원이었다. 이실리프 트레이딩의 자산액은 이것의 10만 1,270배나 된다.

3년간 실종 상태로 있다 되돌아와 보니 명실상부한 세계 최고의 갑부가 된 것이다.

보고서의 뒤 페이지를 보니 예상치 못한 항목이 보인다.

《 듀닥터 & 슈피리어 듀닥터 매출 현황 》

이것 역시 표로 작성되어 있는데 내용을 살펴보니 듀닥터와 슈피리어 듀닥터가 미국 화장품 시장에서 선풍적인 인기를 끌고 있는 모양이다.

월별 판매량이 거의 매달 1.2배씩 늘고 있다.

이 밖에 디오나니아의 꽃에서 추출한 '디오나니아의 눈물'과 포인세를 원료로 한 '아르센의 공주'에 대한 보고 내용도 추가되어 있다.

이것들은 미국 내에서도 최고급 백화점이 아니면 입점을 하지 않았음에도 없어서 못 파는 물건이 되어 있다.

상당히 비싼 가격임에도 최고의 향수로 각광받고 있다.

하여 수입하자마자 품절되는 경우가 많아 입점 예정이라는 안내문을 붙이면 백화점 밖에서 밤샘을 하는 대기자가 있다고 한다.

다음 페이지를 넘겨보니 러시아에만 수출하던 '스피드' 의 미국 수출을 긍정적으로 고려해 달라고 한다.

워낙 연비가 좋은데다 정숙해서 들여오기만 하면 파는 건 문제가 없다고 예상되어 있다.

친애하는 윌슨.

보내준 보고서 잘 보았습니다.

나는 윌슨 카메론을 비롯한 이실리프 트레이딩 직원들의 노고에 깊은 감명을 받았습니다.

기대 이상의 성과를 거두기 위해 얼마나 노력했을지 충분히 짐작됩니다. 이런 성과에 대한 과실은 잘 분배되었는지 궁금합니다.

아울러 내가 자리를 비운 기간 동안 이실리프 계열사들과 어떤 관계를 유지했는지에 대한 보고를 받았으면 합니다.

급하지 않은 일이니 시간 날 때 천천히 보내줘도 됩니다.

— 이실리프 그룹 회장 김현수.

이메일을 보내놓고 점검할 사항들을 다이어리에 표시해 놓았다. 워낙 긴 시간 동안 자리를 비웠기에 상당한 변화가 있을 것이 분명하다.

점검할 것도 많고 준비할 것도 많기에 메모 내용은 상당히 길었다.

똑, 똑, 똑—!

"누구? 들어와."

노크 소리에 고개를 돌려보니 지현이 들어선다. 연한 보라색 실크 잠옷 차림이다. 약간 짧은데다 속이 비친다.

몸매가 확연히 드러나는 디자인인지라 불끈하는 느낌이다.

"저예요. 많이 늦었는데 안 잘 거예요?"

"자야지. 이것만 하고 곧 갈게."

"기다려요?"

"졸리면 자고."

"아니에요. 안 자고 기다릴게요."

지현이 돌아간 뒤 약 15분간 더 메모를 했다.

할 일이 넘치도록 널려 있는 느낌이지만 서둘러 마무리했다. 언제 오나 하면서 지현이 자신을 기다리고 있을 것이기 때문이다.

잠시 후, 지현의 방에서 훈풍이 불었다. 얼마 지나지 않아 연희의 방에서도 교성이 흘러나온다.

그러고 잠시 잠잠한가 싶더니 새벽 무렵엔 이리냐의 방에서도 열락의 바람이 불었다.

짹, 짹, 짹—!

현수는 새들이 지저귀는 소리를 들으며 커피 한 잔을 더 따랐다. 생각해야 할 일과 준비할 것이 많아 밤을 샌 것이다.

인터넷으로 많은 걸 확인했다.

3년이라는 세월이 흐르는 동안 변화가 제법 많았다.

그중 하나는 국제 금 시세가 크게 요동친 것이다.

지난번 차원이동 때 시간 차 이동 마법을 이용하여 미국과 일본, 그리고 지나와 피터 로스차일드가 원하는 만큼의 금괴가 가도록 한 바 있다.

미국의 경우엔 매 15일에 한 번씩 2,000톤의 금괴를 보냈다. 최초의 거래를 포함하면 일곱 번이니 거래된 금괴의 총량은 14,000톤이나 된다.

이것을 받은 미국 정부와 FRB는 순도와 더불어 여러 가지를 조사했다. 그러는 동안 반둔두 지역의 노천금광에 대한 광범위한 조사가 실시되었다.

순금에 가까운 금맥이 동굴 바닥에 노출된 채 발견된 것은 학계에 보고된 바 없는 일이기 때문이다.

노천금광을 실제로 방문하고 사진까지 찍어온 게리 론슨의 증언을 바탕으로 최첨단 위성까지 동원하여 조사했다.

그런데 아무리 뒤져도 찾을 수 없자 상당히 많은 비밀 첩보원까지 동원하여 조사하였다.

이때만 해도 반둔두 자치령이 지금처럼 개발된 상태가 아닌지라 은밀한 침투가 얼마든지 가능하던 시기였다.

미국이 위성으로 확인한 바에 의하면 금괴를 인도해 준 장소 인근엔 어떠한 도로도 없다. 이는 차량 등을 이용한 운반 작업이 이루어지지 않았음을 의미한다.

그렇다면 인력에 의한 운반 작업만 남았다.

하여 최초 조사 범위는 금괴 인도 장소를 중심으로 반경 1㎞로 잡았다.

이보다 멀면 인력으로 운반하기 힘들기 때문이다.

금괴는 매번 2,000톤씩 거래되었다.

이것을 운반하기 위해 1,000명의 인부가 동원되었다면 1인당 2,000㎏을 담당해야 한다.

한 번에 운반하는 것은 불가능하다.

설사 10,000명이 동원되었다 하더라도 1인당 200㎏이니 이것 역시 불가능한 무게이다.

10,000명이 한 번에 40㎏씩 운반하였다면 다섯 번은 오가야 한다. 도로가 없는 곳이니 안전을 위해 20㎏씩 짊어졌다면 열 번씩 왕복해야 한다.

이 정도 인원이 이동했다면 당연히 흔적이 남아야 한다. 없던 길도 새로 생길 판이다. 그런데 첩보원까지 침투시켜 조사한 바에 의하면 금괴 거래 장소 인근엔 인적이 없다.

어떤 방법으로 운반하는지 지극히 의심스럽다. 하여 다각도의 조사가 실시된 것이다.

어쨌거나 의심 지역 전부를 샅샅이 뒤졌지만 어디에도 금광 및 제련소를 발견할 수 없었다. 하여 조사 반경을 조금씩 늘려가며 조사했다.

최초엔 반경 1㎞였는데 조금씩 늘리다 보니 10㎞까지 조사했다. 아무런 결과가 없자 조사를 멈췄다.

대신 거래일을 기준으로 이전 며칠간 하루 종일 위성으로 들여다보았다.

그런데 금괴를 운반하는 모습은 발견되지 않았다.

그러다 금괴를 인도하는 날이 되면 새벽 무렵에 모든 것이 세팅되어 있곤 했다. 빛이 가장 적은 순간에 이루어진 일이다. 처음엔 위성에 문제가 있는 것으로 알았다.

불가능한 일이기 때문이다. 그런데 위성은 멀쩡했다.

하여 대체 무슨 일인가 싶어 다시 첩보원을 파견했지만 끝내 어떤 방법으로 운반했는지를 알아낼 수 없었다.

어쨌거나 인도된 금괴엔 아무런 이상이 없다.

하여 은밀하게 수송 작전을 벌여 포트 녹스와 FRB 지하 금괴보관소에 나누어 보관했다.

금괴를 가져가면 그 즉시 송금하는 거래가 이어졌는데 마지막이 조금 이상했다.

최종 거래를 위해 마타디 항에 정박했던 배는 미국 제2함대 소속 군수지원함 채핑턴호이다.

무사히 선적 작업을 마치자 채핑턴호는 곧바로 뉴욕으로 향했다. 그런데 기기 이상으로 원래의 항로를 벗어났다.

버뮤다 삼각지대로 들어서 버린 것이다. 그러던 어느 순간 폭풍우가 휘몰아쳤다. 거센 파도 때문에 배가 심하게 흔들리기는 했지만 침몰할 정도는 아니었다.

그러던 어느 순간 자기 손가락조차 식별하기 힘든 자욱한 안개 속으로 들어갔고, 잠시 후 배의 흘수가 확 내려갔다.

안개 속에 머문 시간은 불과 5분이다. 그런데 이 지역을 벗어난 뒤 모두들 놀라지 않을 수 없었다. 선적되어 있던 금괴 2,000톤이 감쪽같이 사라진 것이다.

이 상황은 곧바로 상부에 보고되었다. 마타디 항을 떠나는 순간부터 위성으로 들여다보고 있었기 때문이다.

하지만 추측만 무성할 뿐이다. 미국 정부는 사고 해역으로 조사선을 급파하려 했지만 어느 누구도 나서지 않는다.

버뮤다 삼각지대의 악명을 모르는 이가 누가 있겠는가!

하여 명령에 죽고 명령에 사는 군인들을 파견했다. 그러나 밝혀진 것은 아무것도 없다.

채핑턴호가 항구에 도착하자 당국은 전원 격리 수용했다.

그리곤 장병들의 입단속을 했다.

그러나 효과는 없었다.

누군가의 입을 통해 2,000톤에 달하는 금괴가 사라졌음이 번져 나갔다.

즉각 호들갑 떨기 좋아하는 언론이 달라붙었다. 그리고 치열한 보도 전쟁이 시작되었다.

이 과정에서 포트 녹스와 FRB에 보관 중이던 금괴가 모두 도난당한 것에 대한 취재가 시작되었다.

당연히 난리가 났다.

미국 정부는 즉각 이를 부인했다. 그리곤 꼼수를 부렸다.

부족한 물량만큼 가짜 금괴를 만들어서 수량을 맞춰놓고 공개하기로 한 것이다. 하여 부랴부랴 가짜를 만들어놓고 금고를 열어본 순간 경악하지 않을 수 없었다.

얌전히 있어야 할 금괴 전부가 사라진 것이다. 언제 어떻게 없어졌는지 가늠조차 하지 못해 망연자실할 뿐이다.

아무튼 대대적이면서도 은밀한 조사가 시작되었다. NSA, CIA, NRO 등 주요 정보기관 전부가 동원되었다.

근무자 전원이 조사 대상이었고, 모든 CCTV도 철저하게 조사되었다.

심지어 보안 프로그램을 만든 사람들까지 모두 불려가 조사받았다.

그럼에도 아무런 성과 없이 금고를 개방해야 하는 D—Day가 다가왔다. 그런데 가짜 금괴를 만들 시간적 여유가 없자 미국 정부는 극단의 선택을 했다.

급진 수니파 무장단체 IS(Islamic State)에 대한 대대적인 폭격을 개시된 것이다.

미 해군 5함대 소속 항모 아브라함 링컨호에서 발진한 함재기들은 IS의 근거지로 여겨지는 모든 곳을 공격했다. 벙커버스터는 물론이고 상당히 많은 집속탄도 사용되었다.

이 기회에 IS를 쓸어버릴 생각을 한 것이다.

참고로 미 해군 5함대엔 항모 1척, 함재기 85기, 구축함 3척, 이지스 유도미사일 장착 순양함 2척이 배치되어 있다.

뿐만 아니라 유도미사일 구축함 2척, 공격용잠수함 2척, 탄도미사일 장착 잠수함 1척도 있다.

이 밖에 강습상륙함 LHD LHA 3척, 보급선 1척, 탱크선 1척 등으로 구성되어 있는데 이들 모두가 전격적으로 나서서 대대적인 공격을 퍼부은 것이다.

수많은 함대지 미사일이 발사되었고, 강습상륙함을 탄 해병대원들은 속속 상륙작전을 시도했다.

당연히 세상의 이목은 CNN에 집중되었다.

전쟁을 벌인 미국을 비난하는 목소리는 적었다. 워낙 IS의 악명이 높았기 때문이다.

갑작스런 공격에 많은 피해를 입은 IS는 미국을 상대로 결사항전을 선언했고, 인질들을 참수했다.

그러거나 말거나 미국의 무자비한 폭격은 계속되었다.

한국에선 정부가 곤경에 처하면 고작 연예인 스캔들로 이를 덮으려 하는데 미국은 확실히 스케일이 크다.

이로써 한숨 돌리게 된 미국 정부는 긴급히 가짜 금괴를 제작하여 수량을 맞춰놓은 후 언론에 공개했다.

세계인들은 포트 녹스와 FRB 금괴보관소에 보관되어 있는 금괴를 보고 몹시 부러워했다.

그럼에도 버뮤다 삼각지대에서 금괴 2,000톤이 사라진 것이 문제가 되어 국제 금 시세는 폭등에 폭등을 거듭했다.

일본과 지나, 그리고 피터 로스차일드의 금괴도 모두 사라진 때문이다.

피터 로스차일드가 추가로 구입한 양은 200톤이다.

두 번의 도난 사고로 24조 4,500억 원에 해당하는 피해를 입은 피터는 새로운 금고를 제작한 바 있다.

이 금고엔 홍채 인식, 지문 확인, 안면 윤곽 확인, 음성 인식, 무게 변화 감지, 적외선 탐지 등 첨단 기술이 총동원되었다.

뿐만 아니라 추가로 세 겹의 콘크리트 옹벽으로 둘러쌌다.

그리고 외부로부터의 침입을 사전에 알 수 있도록 3m 두께의 자갈층을 두었다.

이것을 일컬어 '피터의 걸작 금고[Peter' s masterpiece safe]'라 불렀는데 이를 줄여 PMS라 한다.

어쨌거나 피터 로스차일드는 현수로부터 200톤의 금괴를 매입하면서 일가붙이에게 자신의 금고를 자랑했다.

프랑스, 오스트리아, 미국, 독일 등지의 형제들은 이 금고에 자신들의 금괴 및 귀중품을 보관해 달라고 요청했다.

그 결과 피터의 금괴 200톤 이외에 추가로 400여 톤의 금괴가 보관되었다. 이 밖에 상당히 많은 보석과 미술품, 그리고 골동품 등도 금고 속으로 들어갔다.

이 모든 것을 수장한 뒤 피터는 날마다 금고를 둘러보며 흡족해했다. 그러던 어느 날, 경보음이 요란하게 터져 나왔다. 무게 변화 감지 센서가 작동한 것이다.

곧바로 무장한 요원들이 출동했지만 이미 모든 것이 사라진 뒤였다. 영국 최고의 탐정이 고용되어 사건을 조사했지만 결과는 없었다.

# CHAPTER 10
## 이실리프 자선재단

며칠 후, 피터 로스차일드는 정신병 치료를 받게 된다. 드디어 돌아버린 것이다.

400여 톤의 금괴 등을 보관시킨 일가붙이들은 피터의 재산을 갈기갈기 찢어서 나눠 가졌다.

가히 하이에나 같은 놈들이다.

로스차일드는 다섯 형제가 각각의 가문을 이루고 있다. 그 중 하나가 몰락하자 처참할 정도로 찢어버린 것이다.

어쨌거나 일본과 지나 역시 보관 중이던 금괴 전부가 사라지자 난감했다. 돈이야 찍으면 그만이지만 현수와 연락이 닿지 않아 금을 매입할 곳이 없었기 때문이다.

은밀히 여러 경로를 통하여 금을 매입하기 시작했지만 쉽지 않은 일이다. 내놓으려 하지 않기 때문이다.

하여 금값은 폭등에 폭등을 거듭했다. 수요는 넘쳐나는데 공급이 매우 부족한 상황이기 때문이다.

미국와 일본, 그리고 지나는 현수의 행방을 추적했다.

반둔두의 노천 금광에서 추가로 캐낸 것이 있다면 그걸 매집하기 위함이다.

하여 정보력과 기술력을 총동원했지만 현수는 허공으로 솟았는지 땅으로 꺼졌는지 어디에서도 찾을 수가 없었다.

3년이 넘는 시간 동안 단 한 번도 현수의 휴대폰은 켜지지 않았다. 이메일은 물론이고 어떤 인터넷 사이트에도 로그인하지 않았다.

은행 거래도 전무했고, 신용카드조차 사용된 적이 없다.

현대를 사는 사회인이라면 불가능한 일이다. 하여 현수가 실종되었을 것이라 추측했다.

누군가 현수가 가진 막대한 현금을 노려 납치했거나 살해한 것으로 생각한 것이다.

"휘유! 이렇게나 많이 올랐어?"

인터넷에서 확인한 바에 의하면 2018년 7월 현재 국제 금 시세는 1톤당 9,600만 달러이다.

게리 론슨과 계약을 할 때 톤당 7,000만 달러였으니 37.14%나 급등한 것이다.

"뭐 나야 좋지."

미국, 일본, 지나, 그리고 피터 로스차일드가 잃어버린 금괴 전부는 아공간으로 복귀되어 있다.

귀환마법진이 제대로 작동한 결과이다.

이들은 또 금을 사들여야 한다. 보유 중인 금이 하나도 없다는 것이 밝혀지면 경제가 곤두박질칠 것이기 때문이다.

하여 또다시 금을 매수하기 위해 나선 결과가 국제 금 시세의 폭등이다. 현수 입장에선 아주 좋은 일이다.

알다시피 FRB는 유대인들에 의해 설립된 개인 은행이다.

그럼에도 미국 정부의 재무 대리 기관이며 미국 내 상업은행의 준비금을 관리하고, 상업은행에 대부를 공여하며, 미국 내에 통용되는 지폐 발권 은행이다.

개인이 설립한 은행임에도 미국의 중앙은행 역할을 하는 걸 보면 유대인이 대단하긴 하다.

어쨌거나 이들 유대인들은 금괴 도난 사고를 감추기 위해 현수로부터 금괴를 사들였다. 그 대금을 지급하기 위해 보유하고 있던 유망 기업들의 주식을 매각해야 했다.

이걸 사들인 게 바로 이실리프 트레이딩이다.

그렇기에 불과 3년 만에 나스닥과 뉴욕 증시 상위 100개 기업의 주식을 쓸어 담을 수 있었던 것이다.

이러는 동안 미국의 경기가 호전되면서 주가가 많이 상승했다. 양적완화정책의 결과이다. 덕분에 이실리프 트레이딩은 차익 실현을 해가면서 차근차근 덩치를 키웠다.

그 결과 월가에서 가장 큰손이 되었다.

메릴 린치, 모간스탠리, 골드만삭스, JP모건 등은 이미 저 발밑에 있는 존재가 되었다. 이실리프 트레이딩은 이미 세계 최고의 자리에 올라앉은 것이다.

이를 이뤄내기 위해 월슨 카메론 등 모든 직원이 정말 애 많이 썼다.

아무런 희망도 없던 자신들에게 재기의 기회를 준 현수에 대한 충성심과 유대인에 대한 원한이 그 원동력이다.

지난번 차원이동 전에 현수는 월슨 카메론에게 일종의 가이드라인을 제시했다.

자금 운용 실적에 따른 인센티브와 연봉 인상률 등이 포함되어 있다.

참고로 모건스탠리 CEO 제임스 고먼의 연봉은 2,250만 달러이다. 기본급과 현금 및 주식 보너스, 그리고 장기 성과급이 포함된 금액이다.

골드만삭스의 CEO 로이드 블랭크페인은 약 2,400만 달러이고, JP모건체이스의 제임스 다이먼은 2,000만 달러이다.

웰스파고의 존 스펌프는 1,930만 달러, 씨티그룹의 마이클 코뱃과 뱅크 오브 아메리카(BOA)의 CEO 브라이언 모니한은 각각 1,300만 달러를 연봉으로 받는다.

현재 윌슨 카메론의 연봉은 정확히 3,000만 달러이다. 연말이 되면 성과에 따른 추가 보너스가 주어질 예정이다.

지난해와 비슷한 성과를 낸다면 윌슨이 추가로 받을 금액은 약 12억 달러가 된다.

월가의 모든 CEO의 연봉을 합쳐도 이보다 적다. 이실리프 트레이딩은 명실상부한 세계 1위의 기업이 되었다.

특색이 있다면 직원 수가 좀처럼 늘지 않는다는 것이다. 그리고 단 한 명의 유대인도 없다는 것이다.

어쨌거나 현재 인원은 54명이다.

이 인원에는 1층에서 식당을 운영하다 이실리프 트레이딩 전속 요리사가 된 리사도 포함되어 있다.

또한 이실리프 빌딩을 매입할 당시 4층과 5층에 세를 들어 살던 라일리(건물 관리인), 해리먼(청소부), 존슨(안내인)도 포함된 수치이다.

이들 모두는 부자가 되었다.

지난 2014년 직원 수는 28명이었다.

전 직원이 힘을 합쳐 그해 연말에 운용 자산 1조 달러를 돌파했다. 무려 8,614억 달러를 벌어들인 것이다.

윌슨은 현수가 준 가이드라인에 따라 이것의 1%인 86억 1,400만 달러 중 86억 달러를 직원 수로 나누었다.

86억 달러÷28을 한 것이다.

윌슨 카메론은 에머슨과 사만다는 물론이고 리사, 라일리, 해리먼, 존슨까지 공평하게 보너스를 지불했다.

다시 말해 CEO부터 말단 청소부까지 똑같은 금액의 성과급을 받은 것이다. 첫 번째 성과급이고, 일치단결을 위해 이런 조치를 취한 것이다. 아무튼 1인당 3억 700만 달러이니 당시 한화 가치로 따지면 무려 3,584억 원이다.

이러니 부자라 칭한 것이다.

남은 돈 1,400만 달러는 LOL 회원 176명에게 나누어졌다. LOL은 The league of loser의 이니셜로 매달 첫째 주 일요일에 브루클린 브릿지 파트에서 모이는 월가에서 밀려난 사람들이다.

윌슨은 이들에게 1인당 8만 달러씩을 지급했다. 부족한 금액은 본인 돈으로 채웠다.

웬만한 직장인 1년 연봉에 버금갈 금액을 받은 LOL 멤버들은 울음을 터뜨렸다.

월가에서 밀려난 이후 재기를 꿈꾸었지만 유대인들은 냉혹했다. 필요하면 그때그때 가져다 쓰기만 할 뿐 안정된 직장을 제공하지 않았다.

도저히 곤궁을 벗어날 방도가 없어 자살을 생각하던 이들도 있었으니 가뭄에 단비가 내린 것이다.

윌슨과 에머슨 등도 원래는 LOL 멤버였다. 리사 등 건물에 살던 이들은 뺀 나머지 22명도 마찬가지이다.

이들은 운 좋게 이실리프 트레이딩의 정직원이 되었지만 유대인들에 의해 밀려나 희망 없는 삶을 사는 이전의 동료들을 잊은 건 아니었던 것이다.

연말이 되자 이실리프 트레이딩의 전 직원은 화려한 파티 대신 회의실에 모여 숙의했다.

그 결과 자신들이 받은 보너스 3억 700만 달러 가운데 700만 달러를 내놓기로 했다.

리사와 해리먼 등도 기꺼이 동참했다.

이렇게 하여 조성된 1억 9,600만 달러는 노숙자들을 위한 기금이 되었다. '이실리프 자선재단' 이 만들어진 것이다.

뉴욕 외곽 오렌지카운티에는 워릭(Warwick)이라는 곳이 있다. 맨해튼의 북서쪽에 위치한 곳이다.

이곳은 부동산 가격이 비교적 저렴하다.

브루클린 지역의 Park Slope는 주택 평균가가 172만 달러이고, 비교적 싼 지역인 Sheepshed bay도 46만 달러이다.

이에 비해 워릭은 약 30만 달러이니 확실히 저렴하다.

윌슨과 에머슨 등은 조성된 기금으로 워릭의 부동산을 매입하여 이실리프 단지를 건설했다. 그 결과 1,000가구를 수용할 수 있는 아파트가 지어졌다.

미국 최대 도시인 뉴욕에는 약 6만 명의 노숙자가 있다. 이 중 2만 5,000명은 어린이 노숙자이다.

윌슨은 사람들을 고용하여 노숙자 가운데 재기 의지가 있는 자들을 선별했다.

이들에겐 거주지가 무상으로 제공되었다. 전기와 수도, 그리고 가스까지 이실리프 자선재단이 부담한다.

그리고 이들에게 일이 주어졌다.

뉴욕을 떠도는 각종 소문을 취합하여 보고하는 일종의 정보 길드가 만들어진 것이다.

이실리프 트레이딩에서는 이들에게 매달 일정한 비용을 지급했다. 명칭은 '정보 수집비' 이다.

이를 바탕으로 진짜와 가짜 소문을 구별하여 주식을 매입하고 매도했다. 그 결과가 현재의 이실리프 트레이딩이다.

* * *

"야! 너… 어휴! 왔으니 거기 앉아라."

집무실에서 결재 서류를 뒤적이던 주영이 벌떡 일어선다.

"잘 있었지?"

"내 얼굴을 봐라! 이게 잘 있는 얼굴이냐?"

그러고 보니 주영의 얼굴이 예전과 사뭇 다르다.

한쪽 팔을 쓰지 못하던 무적 1등 수학교습소 선생일 때와는 확연히 다르다.

그때는 '피폐'라는 두 글자로 충분히 설명될 만큼 깡마른데다 볼품도 없었다. 수입은 적고 저축과 희망은 보이지 않던 시절이니 당연하다.

그런데 지금은 다르다.

두둑하게 살이 올라 있고 얼굴엔 관록이 배어 있다.

3년간 산전수전, 그리고 공중전까지 모두 겪은 역전의 용사와 같은 분위기를 풍기고 있다.

전에는 티셔츠 쪼가리나 걸치고 있었는데, 지금은 반듯한 정장 차림이다. 배도 약간 나온 듯싶다. 전형적인 아저씨 몸매가 되어가는 과도기에 놓인 듯하다.

"보기 좋은데 뭘. 잘 있었구먼. 제수씨가 너무 잘해줘서 그러지?"

"시끄러! 일단 몇 대 맞고 시작하자."

"워워! 폭력은 쓰는 게 아냐. 그리고 너, 나하고 싸우면 니가 지잖아."

"시끄러! 그동안 내 속 썩은 생각을 하면… 어휴~!"

주영은 화는 나지만 참는다는 표정을 짓는다. 이런 때엔 적절한 당근이 즉효이다.

"야, 이거 너 주려고 내가 가져온 거야. 한번 봐."

말을 하며 가방 속의 것들을 꺼냈다.

처음엔 시큰둥하더니 보라색 액체가 담긴 플라스크 비슷한 것이 눈에 띄자 대번에 눈이 커진다.

"너, 그거……!"

"그래, 이실리프 바이롯 사장 하고 싶다며. 싫어?"

"싫기는, 당연히 아니지. 근데 뭐가 이렇게 많아?"

마나 포션 한 병에 바이롯 열다섯 병이니 많아 보이는 모양이다.

"음! 이건 Tremendously Vigorous Vigor Set라고 이름을 붙이고 싶은 거야."

"헐! 엄청나게 격렬한 정력 세트?"

주영의 눈빛이 대번이 번뜩인다.

현수는 엄청난 부자가 되었다. 하여 조(兆) 단위의 돈을 쓰는 데 과장하여 경(京) 단위로 바뀌면 어떻겠는가!

완전 허황된 이야기처럼 들릴 것이다. 하여 대화할 때 가급적이면 과장을 하지 않는다.

그럼에도 격렬하다는 표현을 쓰는 것은 사업가로서 상품에 대한 파악을 마쳤다는 것이다.

"그럼 너무 적나라하니까 'Super Virrot Set'라 부르고 싶은 거야."

"수퍼 바이롯, 이걸 먹으면 어떻게 되는 건데?"

"여기 이걸 먼저 복용하고……."

마나 포션을 집어 든 현수의 설명이 이어지자 주영의 눈빛은 점점 더 매서워진다.

마치 먹이를 노리는 독수리의 그것과 같다.

"그러니까 일단 이거부터 마셔봐."

뽕—!

마나 포션이 담긴 플라스크의 코르크 마개가 빠지자 주영은 얼른 받아서 냄새부터 맡는다.

"흐음! 흐으으음! 하아!"

폐부를 시원케 하는 냄새에 눈을 지그시 감는다. 그리곤 단숨에 들이켠다.

꿀꺽꿀꺽, 꿀꺽—!

"캬아아—!"

"으이그, 술도 아닌데 캬는 무슨. 자, 이제 이거 마셔."

바이롯 즙을 내밀자 이것 역시 단숨에 들이켠다.

"이제 남은 것은 이틀에 하나씩 마시면 1년간 변강쇠 소리를 들을 거다. 잔병치레도 안 하고."

"고맙다, 친구야!"

주영은 그간 밤을 무서워했다. 은정이 아들을 낳고 난 이후 더욱 왕성해진 때문이다. 그런데 일이 워낙 많아 야근이 잦은 데다 스트레스도 많이 쌓였다.

여기에 술자리까지 잦았다. 현수를 대신하여 이실리프 계열사 전부를 아우르는 임무를 맡은 때문이다.

이실리프 어패럴 박근홍 사장, 그리고 이실리프 모터스 박동현 대표, 이실리프 솔라파워 주윤우 사장 등은 주당이다.

이들에겐 어쩌다 한 번이지만 주영은 돌아가며 만나야 했기에 거의 매일 술집을 드나들었다.

당연히 정력이 약해질 수밖에 없다. 그러니 밤이 무서웠던 것이다. 하지만 이제 끝이다.

이건 100% 확신할 수 있다. 신혼여행 첫날 딱 한 병을 마시고 침실의 폭군이 될 수 있었다. 그런 걸 열다섯 병이나 받았다. 마음이 아주 든든하다.

하여 모처럼 환한 웃음을 짓는다. 이때 현수의 입술이 나직이 달싹인다.

"바디 리프레쉬! 리커버리!"

샤르릉! 샤르르르릉—!

두 개의 마법이 중첩되어 구현되자 주영의 눈 밑 다크서클이 스르르 사라진다. 다리가 묵직하던 느낌 역시 없어진다.

"와! 이거 정말 좋은데?"

마나 포션과 바이롯의 효능인 것으로 착각하는 듯 하지만 알려주진 않았다.

현수는 주영으로부터 계열사 전부에 대해 상세하게 보고를 받았다. 모두 승승장구하는 중이다.

다만 원료가 부족하거나 마법진이 없어서 더 이상 상품을 생산하지 못하는 게 많았다.

'흐음, 일단 아르센 대륙엘 다녀와야겠군. 그전에 마법진부터 해결하자.'

주영의 집무실을 나선 현수는 영등포로 전화하여 마법진을 그려 넣을 스테인리스 철판을 주문했다.

앞으로도 엄청나게 필요할 것인지라 주문 물량은 10억 장이다. 이것의 납품 장소는 이실리프 상사 지하주차장이다.

다음으로 만난 사람은 황학동 농기구 가게 김 사장과 리어카 가게 이 사장이다.

입이 딱 벌어질 만큼 엄청난 수량의 농기구를 주문했다.

이전엔 아르센 대륙에서만 사용할 것이었지만 이젠 자치령에서도 써야 하니 당연한 일이다.

값이 후한 대신 솜씨 좋은 대장장이들이 제작한 것이어야 한다고 못을 박았다.

둘은 크게 고개를 끄덕였다. 당연한 일이기 때문이다.

황학동을 떠난 현수는 천지건설로 향했다.

3년이 넘는 세월이 지났지만 활기찬 건 여전하다. 세계 곳곳에서 진행되는 공사가 모두 순조롭기 때문일 것이다.

"김 부회장, 너무한 거 아냐?"

"죄송합니다."

현수는 신형섭 천지건설 회장 사무실 소파에 앉아 있는 그룹 총괄 이연서 회장에게 정중히 고개를 숙였다.

"지금은 진짜 괜찮은 거지?"

신형섭 회장이 걱정된다는 눈빛을 보낸다.

"네, 지금은 멀쩡합니다. 염려해 주셔서 고맙습니다."

"그나마 다행이네. 우린 자네가 어디에 있는지 몰라서……. 정말 애를 많이 태웠네."

"심려를 끼쳐 드려 죄송합니다, 회장님."

면목이 없다는 표정으로 다시 한 번 고개를 숙이자 이연서 회장이 다가와 와락 포옹한다.

"우리 연희, 과부되는 줄 알았네."

"죄송합니다."

"회장님, 우리 김 부회장을 보니 아주 건강해 보입니다. 이제 그만 심려 놓으셔도 될 것 같습니다."

"그래, 그래!"

이연서 회장은 크게 고개를 끄덕이며 현수의 어깨를 두드린다.

"앞으론 진짜 몸조심하게. 경호원 붙여줄까?"

"아니, 아닙니다. 괜찮습니다."

"자넨 우리 회사의 보물이네. 조금이라도 이상타 싶으면 바로 연락하게. 알았지?"

신형섭 사장의 말에 현수는 고개를 끄덕였다.

미리 전화를 넣지 않고 왔다면 한바탕 난리가 벌어졌을 것이다. 그나마 다행이다.

"제가 자리를 오래 비웠는데 그간 어떻게 일이 진행되었는지 알고 싶습니다."

"그래, 그렇겠지. 일단 자네가 마지막으로 수주한 리우데자네이루 재개발 공사와 아제르바이잔 유화단지 건설공사는 순조롭네. 잉가댐 공사와 수력발전소 공사는 마무리 단계에 있고. 자세한 건 실무자들에게 듣게."

"네, 알겠습니다."

현수가 고개를 끄덕이며 자리에서 일어서자 신형섭 사장과 이연서 회장은 저녁 식사를 같이하자고 한다.

"네, 이따 연락드리겠습니다."

현수는 34층으로 올라갔다. 천지기획과 천지건설 기획영업단이라는 팻말이 보인다.

"진짜 오랜만에 왔네."

사실 멀린의 레어에 있던 기간은 거의 기억나지 않는다. 혼수상태 비슷한 채로 있었기 때문이다.

그렇기에 불과 며칠이 지난 기분이다.

그런데 다른 사람들에겐 그렇지 않다. 꼬박 3년 하고도 3개월 이상 현수를 보지 못했다.

그렇기에 보는 이들마다 정말 반가워했다. 다들 현수의 덕을 보고 있기 때문이다.

2018년 현재 천지건설은 대한민국 건설업계 1위이다. 그리고 전 세계 건설업계에서도 1위 자리를 차지하고 있다.

현수가 큰 공사를 많이 수주한 때문도 있지만 동시다발적으로 시행되는 이실리프 자치령 개발공사가 워낙 많기 때문이다.

콩고민주공화국, 러시아, 몽골, 그리고 에티오피아의 자치령 공사는 대한민국을 3.5개나 새롭게 만드는 것과 같다.

당연히 공사할 것이 어마어마하다. 하여 천지건설에서 공사 수주 업무를 맡은 인원 대부분이 타 부서로 발령 났다.

신입 및 경력 직원을 어마어마하게 뽑았음에도 더 이상 공사를 수주하면 감당해 낼 수 없기 때문이다.

이런 상황이기에 모두가 현수를 격하게 반기는 것이다.

"어서 오십시오, 회장님. 정말 오랜만입니다."

"네, 박 차장, 아니, 부장이 되었다죠?"

"네, 모든 게 회장님 덕분입니다."

박진영 과장은 아제르바이잔 유화단지 신설 공사와 리우데자네이루 재개발 공사 건 모두에 관여한 바 있다.

회사는 그 공을 인정하여 전격 부장으로 승진시켰다. 그럼에도 잡소리가 별로 없다.

전례를 세운 현수가 있기 때문이다.

황만규 주임도 두 계급 승진하여 천지건설 과장이 되었고, 구본홍은 천지기획 대리가 되었다.

유민우는 한 계급 승차하여 과장이 되었고, 신민아도 진급하여 주임이 되었다.

구본홍은 스테파니와의 연애 전선에서 승자가 되었다.

열렬한 구애 끝에 결혼한 것이다. 하여 꿀맛 같은 신혼생활을 즐기는 중이라 한다.

연희는 임신과 출산을 위해 퇴사한 상태이다.

"모두들 오랜만입니다. 다들 승진한 거 축하하구요. 특히 구본홍 대리는 결혼 축하합니다. 자, 이거……."

현수가 흰 봉투를 내밀자 구본홍은 이게 뭔가 하는 표정이다. 눈치 빠른 박 부장이 나선다.

"회장님께서 주시는 축의금인가 보네."

"아, 뭘 이런 걸……. 결혼한 지 벌써 1년이나 되는데요."

구본홍이 봉투를 다시 내밀려고 한다.

"이 사람아, 회장님께서 일부러 마련하신 건데 그걸 거절해? 자네, 신혼인데 잘리고 싶나?"

"헉! 아, 아닙니다. 고, 고맙습니다, 회장님!"

구본홍은 얼른 90°로 허리를 숙이며 두 손으로 봉투를 받는다. 신혼인데 잘리면 큰일이다.

게다가 천지기획은 누구나 입사하고 싶어 하는 신의 직장이다. 출퇴근이 자유로운 탄력근무제가 운용되어 아무 때나 회사에 나와도 된다. 급여는 천지건설과 동일하다.

게다가 업무량도 거의 없다. 하루 종일 놀면서 이런저런 기획안을 만들어보다 퇴근하는 게 전부이다.

결재권자인 현수는 3년이 넘도록 나타나지 않았고, 직속상관이라 할 수 있는 유민우 과장은 별로 터치하지 않는 스타일이라 모든 게 만족스럽다.

업무랄 게 별로 없는 상황이 계속되자 현수의 친구들은 모두 천지건설로 자리를 옮겼다.

이들은 천지건설 직원이 될 수 없어야 했다.

기존 직원과의 스펙 차이가 어마어마하기 때문이다. 그럼에도 이직이 가능했던 건 일손이 달려서이다.

이들은 현재 자치령 개발 공사에 투입되어 있다.

어쨌거나 구본홍 대리가 봉투를 받아 들자 유민우 과장이 끼어든다.

"구 대리, 봉투 안 열어봐?"

"네? 아, 네. 근데 열어봐도 됩니까?"

구본홍이 현수에게 시선을 준다. 이에 싱긋 미소 지으며 고개를 끄덕였다.

그러자 황급히 봉투를 열어본다.

결혼 축의금이다. 부회장 자리에 있으면서 5만 원이나 10만 원을 넣지는 않았을 것이다.

"어라?"

봉투를 열어보니 현금은 없다. 대신 두툼한 서류가 있다.

구본홍 대리는 접혀 있는 걸 펼쳤다.

"헉! 이, 이건……."

"스테파니가 신혼집이 작다고 불평했다는 소리를 들었습니다. 어때요? 마음에 들어요?"

"회, 회장님, 세상에……!"

구본홍이 말을 잇지 못하자 박진영 부장이 나선다.

"구 대리, 대체 뭔데 그래?"

말을 하며 슬쩍 다가가 구본홍이 들고 있는 서류를 본다.

"허어! 이건……."

"아! 대체 뭔데 그래요? 저도 좀 봐요."

유민우 과장까지 고개를 들이밀자 현수가 끼어든다.

"유 과장, 요즘 신 주임과 열애 중이라며? 잘해봐. 둘이 결혼하면 같은 걸 주지."

현수의 말이 떨어질 무렵 유민우의 시선은 구본홍이 들고 있는 서류에 고정되어 있다.

현수가 구본홍에게 축의금 명목으로 건넨 것은 송파구 풍납동에 위치한 68평형 아파트이다.

매매 가격으로 8억 5천만 원을 지불했다.

9억 원에 매물로 나온 것인데 계약 즉시 현금으로 완불하겠다고 하자 5천만 원이나 내려간 것이다.

대금을 지불하는 과정에서 융자금 5억 원은 일시 상환했다. 대출금 하나 없는 아파트이다.

그리고 취득세 및 제반 세금으로 2,040만 원과 부동산 중개수수료 425만 원까지 모두 지불하였다.

"정말입니까, 회장님?"

유민우 과장의 눈이 대번에 커진다. 신민아 주임과의 결혼에서 가장 큰 걸림돌이 바로 신혼집이었다.

둘 다 넉넉한 가정이 아니고 입사한 지 오래되지 않아 모아놓은 돈도 적다. 요즘엔 데이트 비용까지 최대한 아끼고 있지만 집을 마련하려면 아직 멀었다.

"내가 언제 헛소리를 했나요?"

"아, 아니죠. 한 번도 그러신 적 없습니다. 정말 약속하신 겁니다? 신 주임과 결혼만 하면……."

"네, 결혼만 하세요. 똑같은 걸 받을 겁니다."

"와아! 만세! 만세!"

유민우 과장은 한편에 서 있는 신민아 주임을 바라보며 환호성을 터뜨린다. 그러더니 문득 생각난 게 있다는 듯 후다닥 신민아의 앞으로 다가간다.

그리곤 한 쪽 무릎을 꿇고 주머니 속에 간직하고 있던 반지를 꺼낸다.

"민아 씨, 나하고 결혼해 줄래요? 내가 얼마나 사랑하는지 알죠? 나랑 결혼해요. 네?"

보아하니 진즉 프러포즈를 하려고 반지를 준비했는데 기회가 없었던 모양이다.

"……!"

신민아 주임은 보는 사람이 많은데다 모두 직장 동료인지라 몹시 당황스러운 모양이다. 하여 아무런 대꾸도 하지 못하고 유민우가 내민 반지를 바라본다.

그러다 천천히 고개를 끄덕인다.

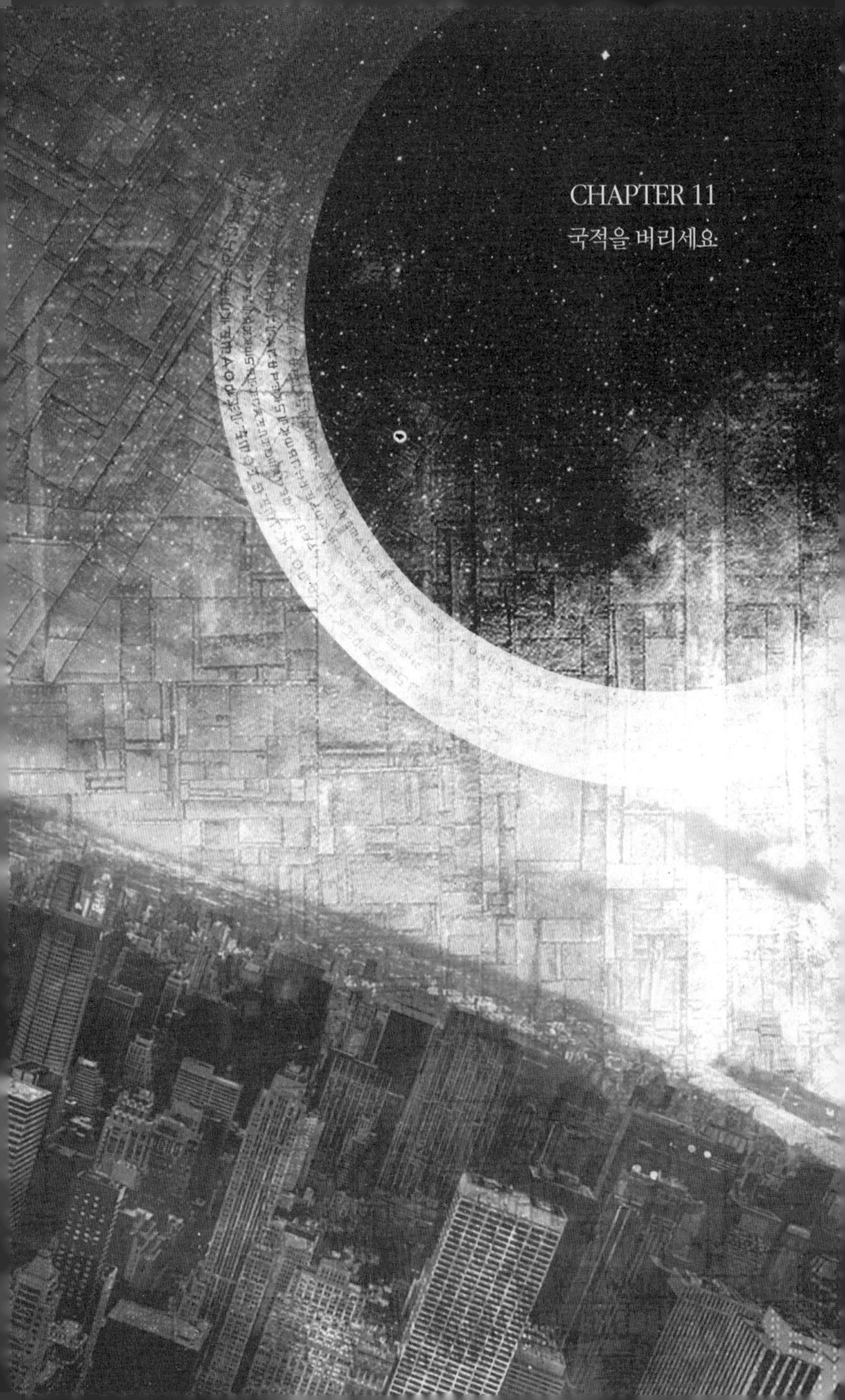

# CHAPTER 11

## 국적을 버리세요

"우와! 만세! 만세! 만세!"

얼른 자리에서 일어나 신민아에게 반지를 끼워준다. 이때 뒤에 있던 황만규 과장이 소리친다.

"뽀뽀해! 뽀뽀해! 뽀뽀해!"

"에이, 그것 가지곤 안 돼지. 키스해! 키스해! 키스해!"

박진영 과장이 장난스럽게 소리치자 모두 따라서 외친다.

"키스해! 키스해!"

쪼오옥—!

유민우가 얼른 달려들어 신민아의 입술을 훔쳤다. 둘에겐 이게 첫 키스이다. 둘 다 혼전 순결을 중시한 때문이다.

약 20초에 걸친 열렬한 키스를 하고 유민우가 떨어져 나가자 신민아의 두 볼이 능금처럼 붉어져 있다.

이때 유민우의 시선은 현수에게 향해 있다.

"회장님……."

"하하! 이거 추가 매물이 있는지 알아봐야겠군요. 결혼식 날짜가 확정되면 말해주세요."

"아! 감사합니다! 감사합니다!"

유민우는 과장된 몸짓으로 감사의 뜻을 표한다.

"박 부장과 황 과장도 아직 미혼이죠? 두 분도 결혼식이 확정되면 알려주세요."

"헛! 정말입니까?"

황만규가 먼저 반응한다.

"황 과장, 보고도 몰라요? 회장님은 역시 통이 크십니다. 저도 날짜가 잡히는 대로 청첩장을 드리겠습니다."

"네, 그러세요."

유민우는 두 달 후 결혼한다.

구본홍이 살고 있는 아파트 앞 동의 같은 층이다.

황만규 과장은 석 달 후에 결혼하는데 유민우 과장보다 두 층 위에서 살게 된다.

직장 동료이면서 이웃사촌이 되는 것이다.

천지건설 기획영업부를 맡게 되는 박진영 부장과 이실리프 뱅크 행장대리 전무이사 김지윤의 결혼식은 현수처럼 크리스마스이브에 거행된다.

축의금과 화환 대신 받은 쌀은 전량 불우한 이웃을 위해 기부되는 아름다우면서도 소박한 결혼식이다.

현수는 이들에겐 우미내 마을의 단독주택을 결혼 선물로 준다. 대지 385평에 연면적 100평짜리 전원주택이다.

누군가 공들여 지은 신축 건물인데 사정상 급매물로 나온 걸 샀다. 가격은 상당히 비쌌지만 흡족했다.

앞에는 한강이 흐르고 있고 뒤에는 병풍처럼 산이 둘러싸여 있는 전형적인 배산임수 남향집이다.

"박 부장, 회사 전반에 대한 브리핑 부탁해요."

"네, 잠시만 기다려 주십시오."

현수는 진행되고 있는 공사들의 진척 사항을 보고받았다.

이 자리엔 박 부장뿐만 아니라 타 부서 부장급 직원들이 다수 참석하였다. 무엇이든 궁금한 점이 있으면 즉각 확인하기 위함이다.

"그간 수고들이 많았네요. 잘 알았습니다."

"네, 부회장님."

천지건설 부장급 직원들은 자신보다 훨씬 어린 현수에게

허리를 꺾었다. 그만한 대우를 받을 자격이 있기 때문에 모두들 흔쾌한 마음이다.

모두가 물러간 후 현수는 봉투 몇 개를 준비했다. 각 부서에 금일봉을 내려 회식을 하도록 한 것이다.

당연히 회사 전체에서 환호성이 터져 나왔다.

자신들이 생각하는 것보다 동그라미 하나가 더 많은 금액이었기 때문이다.

"휴우! 북한도 다녀와야 하고, 아제르바이잔이랑 러시아, 그리고 몽골과 에티오피아까지 두루 돌아다녀야 하네."

넥타이를 슬쩍 풀어낸 현수는 우선순위를 정했다.

가장 급한 건 북한이다. 공사는 급진전되고 있는데 여기저기에서 불협화음이 나오는 중이다.

남북한 간의 입장 차 때문이다.

"근데 국적을 버리라고? 끄응!"

현수는 나직한 침음을 냈다. 예카테리나 일리치 브레즈네프 변호사로부터 온 메시지의 내용이 그러하다.

현수가 실종된 후 두 번의 해프닝이 있었다.

첫 번째는 예비군 동원훈련에 참석하라는 통지문을 보냈으나 무단으로 불참했다는 것이다.

병무청에서는 법에 따라 현수를 고발했다. 하여 벌금 50만

원을 내라는 통지문이 양평 저택으로 보내졌다.

지현은 본인과 연락이 닿지 않기에 뭐라 반박할 수도 없었다. 하여 천지건설로 연락했다.

해외 근무자는 예비군훈련에서 제외된다는 걸 알기 때문이다. 문제는 현수가 해외 근무자에 포함되지 않는다는 것이다. 예비군훈련까지는 생각지 못한 모양이다.

지현은 벌금 50만 원을 납부했다.

사랑하는 남편과 연락이 닿지 않아 걱정되어 죽을 판인데 벌금을 내라니 야속한 기분이 들었을 것이다.

그런데 어떻게 알았는지 사건 부풀리기 좋아하는 언론에서 물고 늘어졌다.

물론 찌라시 언론사의 기레기 기자가 한 일이다.

한바탕 댓글 전쟁이 벌어졌다.

돈 많고 성공했다 하여 예비군훈련을 빠지는 것은 옳지 않다는 의견이 대다수였다.

현수를 옹호하는 의견도 많았지만 대세는 비난이었다.

두 번째 해프닝은 회사에 출근도 안 하는데 급여가 지불된다는 것이다.

이번에도 찌라시 언론사의 그 기레기가 기사를 썼다.

현수의 동원예비군 불참 사건을 최초로 터뜨린 후 우쭐한 기분을 느끼곤 회사 앞 카페에서 매일 애인과 노닥거렸다.

그러면서 현수와의 인터뷰를 따려 했는데 아무리 기다려도 보이지 않자 천지건설 직원들을 상대로 취재를 했다.

그리곤 출근도 안 하면서 꼬박꼬박 월급만 타가는 나쁜 놈으로 묘사했다.

현수의 연봉은 300억 원이니 매월 25억 원을 받는다.

연봉으로 5,000만 원을 받는 사람이 있다고 치자.

이 사람이 30살에 입사하여 55세에 정년퇴직을 할 때까지 버는 돈을 현수는 보름 만에 번다. 이러니 월 25억 원은 어마어마하게 큰돈인 것이 분명하다.

하지만 현수에게 있어 이 금액은 껌 값에도 미치지 못하는 푼돈 부스러기일 뿐이다.

어쨌거나 기레기는 현수는 매우 부도덕한 사람으로 몰아갔다. 이에 대해 또 한바탕 댓글 전쟁이 벌어졌다.

—와! 일도 안 하고 한 달에 25억? 완전 꿈의 직장이군.

—뭐야? 박탈감이 느껴지잖아. 아무리 김현수래도 이건 아니지. 무노동 무임금이니 일 안 했으면 반납해!

—무슨 소리야? 김현수 부회장이 천지건설에서 한 일이 얼마나 많은데. 연봉 300억, 70세까지 정년 보장된 거 몰라?

—맞아. 한 일에 비하면 급여가 적은 거지.

—그래도 지금은 무노동이니까 무임금이 맞아.

—어디서 미녀 끼고 놀고 있나 보지. 천지건설, 좋은 직장이다. 이래도 월급은 따박따박 주니.

—만인은 평등하다. 무노동 무임금!

—형아가 알려줄게. 김 부회장, 지금 미국에서 놀아.

—헐! 정말? 어디에서 놀아요?

—힌트. 라스베이거스 최고의 카지노.

—윈 라스베이거스(Wynn Las Vegas)인가요?

—아니. 벨라지오(Bellagio)가 최고 아닌가?

—김현수 회장은 그런 데 안 가.

—니가 봤냐? 봤어? 너, 알바지? 얼마 받냐?

댓글 전쟁은 한동안 이어졌다. 이번에도 현수는 까임을 당하는 쪽이었다.

예카테리나 일리치 브레즈네프는 일련의 상황을 예의 주시했다. 아는 사람들은 알지만 일반 대중은 현수가 대한민국을 위해 얼마나 크고 많은 일을 했는지 모른다.

그래도 그렇지, 이건 아니다 싶었던 모양이다. 하여 현수나 나타났다는 말을 듣자마자 메시지를 보낸 것이다.

"흐음! 한국 국적을 가지고 있는 한 자치령 전부를 한국의 것이라 여길 것이라고?"

일반 대중이 이런 생각을 가지고 있다면 이는 바람직하지 않다는 것이 테리나의 의견이다.

'그나저나 테리나는 결혼을 했을까?'

3년이 지났으니 그사이에 좋은 남자를 만났을 수도 있다.

어쨌거나 현수는 고심했다. 한국 국적을 유지하는 것이 득이 될 수도 있지만 역으로 손해가 될 수도 있다.

"그나저나 내가 한국 국적을 가지고 있으면 다른 나라에서 한국을 압박하는 수단이 될 수도 있다고?"

자리를 비운 사이에 이실리프 우주항공(전 KAI)과 이실리프 코스모스(전 세트렉아이), 그리고 이실리프 스페이스(전 퍼스텍)에선 눈부신 성과가 쏟아지기 시작했다.

분명 보안 유지를 철저히 해달라고 여러 번 부탁했음에도 불구하고 이들이 거둔 성과의 일부가 외부로 알려진 것은 몇몇 정신 나간 장성 때문이었다.

기껏 견학시켜 주면서 보안 유지를 요구했건만 나가자마자 미국에다 대고 나불거린 것이다.

하여 세 회사의 수장은 긴급회동을 갖고 외부로 유출된 정도를 파악했다. 그리곤 그중 일부만 가능성을 본 것뿐이지 실제로 기술이 개발된 것은 아니라고 발뺌했다.

이에 미국 정부는 자신들에게 정보를 제공한 한국 장성들을 만나 다시 한 번 사실 확인했다.

이번엔 더 적나라하게 제원까지 불어댔다. 눈에 뜨이는 즉시 대가리를 잘라 버릴 놈들이다.

미국의 압력을 받은 한국 정부는 세 회사에 사실 확인을 요구했다. 이에 대해 세 회사는 '정보 공개 불가'를 선언했다.

이들 세 회사의 지분은 100% 현수의 것이다.

영원히 대한민국 국방부에 군납을 하지 않는 한이 있더라도 개인 회사의 정보를 공개할 수 없음을 천명한 것이다.

그러자 여당 정치인들이 들고일어났다. 불법 무기 개발과 세무 조사 운운하면서 별의별 압박을 다 가했다.

이를 견디다 못한 세 회사의 수장은 현수의 지시에 따라 민주영에게 전화를 걸었다.

주영은 통화를 마치자마자 블라디미르 푸틴에게 연락을 취했다. 다음 날 청와대는 러시아 대사의 방문을 받았다.

러시아 대통령이 직접 임명한 특임대사 개인이 운영하는 회사에 대한 압박을 즉각 중지하라는 것이 요지이다.

이에 대해 이의를 제기하자 푸틴은 현수가 투표권을 가진 러시아 국민이라는 것을 주지시켰다.

대한민국은 원칙적으로 이중 국적을 허용하지 않지만 현수만은 예외로 했다. 북한 내에서의 사업과 남북한의 경제 협력 관계 유지 등에 있어 필요하기 때문이다.

그래서 현수는 대한민국 국민이면서 동시에 러시아의 국민이기도 하다. 실제로 러시아에선 주민세를 납부하고 있다.

모스크바 저택으로 고지서가 발부되고 있으며, 지금껏 이리냐가 제 날짜에 납부했다.

한국 정부가 예외로 인정한 이상 현수는 정식으로 러시아 국민의 신분을 가졌다. 게다가 푸틴 대통령이 임명한 국제협력담당 특임대사라 면책특권까지 있다.

이런 사람이 소유한 기업에 대한 음해 및 압박은 국제분쟁의 소지가 될 수 있음을 알린 것이다.

청와대로부터 설명을 들은 정치인들은 깨갱 했다.

누군가의 농담이 진짜인 줄 알았기 때문이다. 그때 여당 국회의원들에게 은밀히 나돈 소문은 다음과 같다.

누구든 김 회장을 건드리면 은밀히 납치하여 참수해!

이 말을 한 당사자가 푸틴이라는 말에 얼른 찌그러진 것이다. 강자 앞에 한없이 비굴해지는 모습을 보인 것이다.

"흐음! 국적이 문제될 것이라곤 생각지 못했는데."

현수는 나직이 중얼거리면서도 고개를 끄덕였다.

여러 나라에서 개발 중에 있는 자치령은 대한민국의 것이 아니다. 순전히 현수 개인이 얻어낸 성과이다.

이걸 개발하는 데 있어 대한민국은 단 한 푼의 돈도 내지 않았다. 오히려 개발 사업에 필요한 각종 기자재 등을 수출해

경제가 활성화되는 효과를 얻었다.

게다가 자치령으로 이주한 실업자 수가 많아지면서 실업률 자체가 획기적으로 낮아졌다.

통계청 자료에 의하면 2015년 3월의 청년(15~29세) 실업률은 11.1%였다. 15년 7개월 만의 최고치이다.

IMF사태 때보다도 취직이 어려웠다는 의미이다.

그런데 2018년 현재 청년실업률은 0.1%이다.

이런 상황이 되자 기업들은 우수한 신입사원을 뽑기 위해 경품까지 내걸었다.

인턴, 열정 페이, 수습, 파견 근무, 비정규직이라는 말은 완전히 사라졌다. 구인공고에 그런 어휘가 하나라도 포함되면 지원자가 아무도 없기 때문이다.

아르바이트도 마찬가지이다. 시간당 1만 원이 최저 임금으로 정해졌지만 이를 지키는 사업주는 거의 없다.

사람 구하기가 힘들다 보니 대부분 시간당 12,000원 이상을 제시하고 있다.

현수가 만들어낸 풍속이다.

그래도 욕을 하는 이들이 있다는 것에 조금 씁쓸한 마음이 든다. 피 한 방울 섞이지 않은 자신은 나라를 위해 나름 애를 썼다고 생각하고 있다.

"그래, 국적을 버리자. 나 때문에 한국이 불이익을 당할 수도 있고, 나는 이실리프 왕국의 국왕이 될 사람이니까."

현수는 마음을 정했다. 그리곤 테리나에게 문자 메시지를 보냈다. 나머지 일은 테리나가 알아서 할 것이다.

"그나저나 세 회사에도 가보긴 해야겠군."

얼마나 많은 성과를 얻어냈을지 기대된다.

현수는 퇴근 후 직원들과 회식을 했다. 회사 근처 김치찌개 집에서 한잔 기울인 것이다.

송송 썰어 넣은 돼지고기가 아주 맛있었다. 게다가 칼칼하면서도 감칠맛 나는 국물 맛은 정말 일품이었다.

현수가 탄 차가 양평 저택으로 접어들자 경호원들이 도열해 있다가 경례를 붙인다.

마치 왕의 귀환인 듯한 느낌을 받을 정도이다.

리노와 셀다, 그리고 다 커버린 새끼 네 마리도 현수를 보자 컹컹거린다. 몹시 반갑다는 뜻이다.

"숫자가 좀 늘어난 것 같네요."

"네, 저 녀석들이 또 번식을 해서요. 지금은 21마리나 됩니다. 늑대들의 천국이죠."

정일환 집사의 말이다.

"하하, 네!"

현수는 경호원 및 저택 직원들과 함께 파티를 벌였다. 미리 연락을 해두었기에 바비큐 준비가 되어 있다.

리노와 셀다, 그리고 녀석들의 새끼와 손자들도 배불리 얻어먹었다.

현수는 지현, 연희, 그리고 이리냐와 즐거운 시간을 보냈다. 귀국할 때 다 같이 들어온 것이다.

철이와 현이, 그리고 아름이는 킨샤사에 남아 있다.

이리냐의 모친 안나 여사 역시 그곳에서 머물고 있다.

예전과 달리 무스크하코 마을에서 온 러시아인이 많기에 심심해하지 않는 것이 다행한 일이다.

권철현과 이숙희 여사는 수시로 비행기를 타고 와 손자를 안아본다고 한다.

지현과 연희, 그리고 이리냐 모두가 곯아떨어지자 현수는 의복을 갈아입었다. 그리곤 저택 옥상에 올랐다.

"트랜스퍼 디멘션!"

샤르르르르르르릉—!

현수의 신형이 안개처럼 흩어졌다.

* * *

"아리아니!"

"네, 주인님."

"여긴 여전해. 그치?"

"네, 고요하고, 맑고, 신선하고, 그리고 정답고요."

"그래, 그나저나 포인세 잎사귀를 채취해야 하는데, 정령들 좀 불러줘."

"네, 주인님."

잠시 후 아리아니의 부름을 받은 정령들이 나타나 포인세 잎사귀 채취 작업을 한다.

3년이 넘도록 오지 않아서 엄청 번식해 있다.

공간 확장 마법이 걸린 컨테이너를 20개 이상 꺼냈는데 겨우 절반 정도 채취했을 뿐이다.

채취 작업이 진행되는 동안 현수는 켈레모라니의 레어에 머물렀다. 10서클 마법을 만들어야 하기 때문이다.

켈레모라니의 사체는 여전했다. 적어도 몇백 년은 더 견딜 수 있을 것으로 여겨진다.

비늘 하나하나에 새겨진 각종 마법을 둘러본 후 다른 것들도 살폈다. 골드 드래곤의 후계자로 지목되었으니 이것에 대한 소유권을 가진 셈이다.

그렇다면 대체 무엇이 있나 싶어 샅샅이 살펴본 것이다. 아리아니는 앞장서서 상세하게 설명했다.

금은보화도 많았고 켈레모라니가 젊었을 때 수집한 각종 병장기도 많았다. 하지만 현수의 눈을 끈 것은 없었다.

"수고들 했어. 이건 내 선물."

현수는 품고 있던 마나를 개방했다. 운디네, 운다인, 실프 실리안들은 현수의 주위를 맴돌며 깔깔거린다.

"얘들 또 자라겠지?"

"네, 그럼요. 참, 오신 김에 가이아 여신의 축복을 한 번 더 내려주세요. 비실거리는 녀석이 몇 보이네요."

"그래? 알았어."

현수는 포인세를 바라보며 두 팔을 벌렸다.

"나 하인스가 가이아 여신을 대리하여 너희에게 축복을 베푸노라! 싱싱하게 생장하거라!"

고오오오오오—!

현수의 전신으로부터 신성력이 뿜어지는가 싶더니 곧장 포인세에게로 향한다.

여신의 신성력 세례가 기쁜지 포인세들은 부르르 떨며 환희하고 있다.

"나 숲의 요정 아리아니가 너희에게 가호를 베푸노라!"

쏴아아아아아—!

아리아니의 가호가 사방을 뒤덮자 포인세들은 마치 더할 수 없는 오르가즘을 느끼기는 듯 일제히 향기를 뿜어낸다.

곧이어 점점 진해지더니 현수와 아리아니에게로 모여든다.

"흐으으음! 후와아아!"

현수는 폐부까지 청량해지는 향기에 심호흡을 했다. 그러는 사이 향기는 옷 속을 파고든다. 그리곤 섬유를 통과하여 땀구멍과 모공으로 스며들었다.

현수는 잠시 심호흡을 하며 포인세의 천연 향을 즐겼다. 억만금을 주고도 경험할 수 없는 일이다.

"고마워. 다음에 또 부탁할게. 너희의 잎사귀는 유용한 곳에 쓰고."

식물들도 의사소통을 한다고 들었기에 들으라는 듯 소리치곤 아리아니를 바라보았다.

"다음은 어디죠?"

"이번엔 디오나니아들을 보러 가자."

"냄새나는 애들 없는데 어쩌죠?"

그러고 보니 하수도에서 사는 생쥐들을 잡아오지 못했다. 그러던 중 기억나는 게 있다.

"아리아니, 아공간에 시체들 좀 있잖아."

"그거 주게요? 냄새 좀 이상하던데."

"할 수 없잖아."

"알았어요."

"좋아, 간다! 텔레포트!"

샤르르르릉—!

"흐음! 여긴 여전하군."

현수의 신형이 나타난 곳은 캐러나데 사막의 오아시스 인근이다.

"그러네요. 개체 수도 조금 더 늘어난 것 같아요."

"그래, 내가 보기에도 그러네. 아리아니, 이 녀석들에게 잎사귀와 꽃, 그리고 열매를 줄 수 있는지 물어봐 줄래?"

"네, 그럴게요."

고개를 끄덕인 아리아니가 잠시 후에 한 말은 오케이이다.

"이번에도 정령들 불러서 부탁해 줘."

"걱정 말고 채수병이나 꺼내놓으세요."

현수가 채수병을 꺼내는 사이 아리아니는 정령들을 불렀다. 그리곤 디오나니아의 잎사귀를 어떻게 채취하며 수액은 어떻게 모으는지 설명하고 있다. 아울러 꽃을 따는 법과 열매를 수거하는 법도 가르친다.

일은 일사천리로 진행되었다. 디오나니아들은 기꺼이 잎사귀가 찢어지는 고통을 감내해 냈다. 그 결과 엄청난 양의 잎사귀와 꽃, 그리고 수액과 열매를 얻었다.

"고마워. 아리아니, 아공간에 있는 놈들 좀 꺼내줘."

현수의 아공간에는 마인트 대륙의 9서클 마법사들의 시신이 담겨 있다. 아리아니는 이들의 의복과 소지품을 빼놓고 디오나니아에게 나눠 주었다.

9서클 마법사들은 갓 죽은 상태나 다름없다.

당연히 상당히 많은 양의 마나를 체내에 품고 있어서 그런지 디오나니아들은 상당히 기쁜 듯 펄럭인다.

"다음은 어디죠?"

"알베제 마을부터 가보자. 텔레포트!"

샤르르르릉—!

"아니, 이게 누구십니까, 마탑주님?"

엘베른은 현수를 보자마자 오체복지한다. 집채만 해진 샤벨도 납작 엎드린다.

"오랜만이네. 샤벨도 잘 있는 모양이군."

"네, 그럼요. 여기가 어디라고요."

이실리프 자치령과 그리 멀지 않은 이곳은 마법사들의 성지로 알려져 있다.

마탑주가 처음으로 존재를 드러낸 곳이기 때문이다.

"촌장에게 안내 좀 해주게."

"네, 가시죠."

엘베른의 안내를 받아 간 곳은 이전 마을에서 약간 떨어진 곳에 위치한 너른 평원이다. 상당히 많은 집이 지어져 있는데 오두막이 아니라 제대로 지은 집들이다.

"여긴 어딘가?"

"이전의 마을이 좁아서 일부는 이쪽으로 이전했습니다. 촌장님은 저기 계십니다요."

알베제 마을은 30가구에 150여 명이 거주하던 곳이다. 그런데 이곳은 아무리 적게 잡아도 1,000명은 살 정도로 넓다.

"마레바, 오랜만이네."

"헉! 마, 마탑주님!"

마레바 역시 엘베른과 다를 바 없이 오체복지한다.

많은 마법사가 이주해 오면서 마탑주가 어떤 존재인지 수없이 들은 때문이다.

"그간 잘 있었는가?"

"그, 그러믄입쇼. 근데 왜 이렇게 안 오셨습니까?"

"그럴 일이 있어 한동안 못 왔네. 그나저나 쉐리엔 채집은 어찌 되었는가?"

"아, 그거요. 그건 저쪽에 있습니다요."

마레바 촌장이 손짓한 곳엔 한눈에 보기에도 결코 작지 않은 창고들이 줄지어 서 있다.

가로 20m, 세로 40m, 높이 7m 정도 되는 창고가 약 30여 개나 된다. 내부 용적이 560㎥나 되는 엄청난 크기이다.

"많이 모았는가?"

"그러믄입쇼. 그러지 않아도 요즘 채집하는 건 둘 데가 없어서 창고를 더 지어야 하나 걱정하고 있었습니다요."

"창고가 저렇게 많은데 또 지어?"

"네, 마법사님들이 공간 확장 마법까지 걸어주셨는데도 쉐리엔을 쌓아둘 곳이 없습죠."

"허어, 공간 확장 마법까지?"

"네, 어쨌든 잘 오셨습니다. 필요하신 만큼 가져가십시오. 그래야 또 수확해서 채워 넣을 테니 말입니다."

마레바 촌장은 정말 다행이라는 표정이다.

"그래? 그럼 가서 보세."

잠시 후 현수는 입을 딱 벌렸다.

촌장의 말처럼 창고엔 공간 확장 마법이 걸려 있다.

뿐만 아니라 보존마법까지 걸려 있어 방금 채취한 것처럼 싱싱하다.

확장 비율을 확인해 보니 1 : 5이다. 겉보기엔 560㎥이지만 실제론 이것의 다섯 배인 3,360㎥씩 담겨 있는 것이다.

물론 천장에 닿을 정도는 아니니 통로와 이를 제외하면 약 3,000㎥가 쌓여 있다.

이런 것이 30개나 있으니 총 90,000㎥의 쉐리엔이 수확되어 있는 셈이다.

40피트짜리 컨테이너 하나의 용적은 대략 67㎥ 정도이다. 따라서 알베제 마을에서 수확해 놓은 쉐리엔은 약 1,340개 분량이다. 어마어마한 양이다.

"잠시 비켜서게."

현수는 창고의 중심부로 비집고 들어갔다. 한 사람이 간신히 들어갈 정도의 통로만 남겨놓고 꽉꽉 채워놓은 때문이다.

"매스 스토리지!"

샤르르릉—!

"허억!"

"헐! 이럴 수가!"

마레바 촌장과 엘베른 모두 나지막한 탄성을 낸다. 단숨에 창고가 텅텅 비어버린 때문이다.

현수는 차례차례 창고를 비웠다.

"저 창고엔 채집된 약초와 만드라고라가 있습니다요."

"그래?"

약초는 이곳에서도 요긴하게 쓰니 남겨두어야 하지만 만드라고라는 아니다. 하여 그간 수집해 놓은 11뿌리의 만드라고라까지 아공간에 담았다.

받은 게 있으면 주는 것도 있어야 한다.

현수는 촌장이 좋아하는 소주와 밀가루를 꺼내놓았다.

밀가루라 하여 딱 한 가지만 있는 게 아니다. 글루텐[8] 함량에 따라 세 가지로 나뉜다.

---

8) 글루텐(Gluten) : 보리, 밀 등 곡류에 존재하는 불용성 단백질.

# CHAPTER 12

## 쉐리엔 얼마나 있지?

◉ 박력분(Weak flour): 글루텐 함량 7~9%.

연질 소맥(부드러운 밀)을 사용. 제과용으로 사용.

→쿠키, 카스텔라 등.

◉ 중력분(Middle flour): 글루텐 함량 9~10%.

다목적용으로 가정에서 많이 사용. 면류용으로 적당.

→국수, 짜장면, 수제비, 만두피 등.

◉ 강력분(Strong flour): 글루텐 함량 12~14%.

경질 소맥(단단한 밀)을 사용. 신장성과 쫄깃함이 강해 주로 제빵용으로 사용.

→식빵, 단팥빵 등.

현수는 이 세 가지를 골고루 꺼내주었다. 물론 용도도 알려주었다.

이 밖에 상당히 많은 양의 생선을 주었다. 깊은 산중이라 먹어보지 못한 것이 많을 것이기 때문이다.

다음은 소금이다. 인원이 많이 늘어났으니 전보다 훨씬 많이 꺼내주었다. 아이들을 위해 사탕과 과자, 그리고 초콜릿 등도 왕창 꺼내주었다.

이 밖에 설탕과 식용유도 상당량 꺼내놓았다.

마레바 촌장은 처음 보는 기물이라면서 감탄사를 터뜨린다. 그러는 동안 마법사들이 모여든다.

위저드 로드를 알현하기 위함이다.

이들로부터 더 이상 정중할 수 없는 예를 받은 현수는 그간의 수고를 치하했다.

이들은 알베제 마을이 유지될 수 있도록 음양으로 많은 것을 베풀었다. 이는 이실리프 마탑의 휘하에 들고 싶은 열망에 자발적으로 한 일이다.

"지금 당장은 아니지만 언젠가 자네들이 이실리프 마탑의 휘장을 달 수 있을 날이 있을 것이네."

마법사들은 땅바닥에 닿은 이마가 부서질 정도로 강하게

절을 하며 감격해했다.

이실리프 마탑의 마법사들은 마탑주를 제외하곤 단 하나도 세상 밖에 모습을 보이지 않았다.

하여 수많은 추측이 오가는 상황이다.

마탑주가 10서클 마스터이니 그 휘하에 얼마나 많은 9서클, 8서클 마법사가 있겠느냐는 것이 그것이다.

대륙엔 7대 마탑이 있는데 마탑주 중 가장 화후가 높은 이가 7서클 유저이다.

그런 화후의 마법사가 널리고 또 널렸을 것이라는 것이 마법사들의 공통된 생각이다.

어쨌거나 이실리프 마탑의 휘장을 단다 함은 마탑에 속하는 마법사가 되었음을 의미한다.

다시 말해 이실리프 마탑의 보호를 받는 마법사 신분이 된다는 것이다.

이들은 거의 모두 자유 마법사이다. 다시 말해 어딘가 속해 있지 않은 신분이다. 하여 상당한 괄시와 박대를 경험하며 살았다. 배경이 없기 때문이다.

그런데 이 세상 최고의 배경이 생기려 한다. 그렇기에 이처럼 감격해하는 것이다.

엎드린 채 감격에 겨워 눈물까지 흘리는 마법사들을 본 현수는 이들에게도 뭔가를 줘야겠다는 생각을 했다.

비록 속이 빤히 들여다보이는 목적을 가졌지만 3년이 넘는 세월 동안 알베제 마을을 위해 제 주머니까지 털어가며 봉사한 것에 대한 보답은 있어야 하기 때문이다.

"마나 개방!"

고오오오오오오—!

현수의 몸으로부터 무지막지한 마나가 뿜어져 나간다.

이것들은 허공에서 그냥 흩어지는 것이 아니라 엎드린 마법사들 하나하나에게 흘러들고 있다.

"……!"

"으헛!"

"아앗!"

첫 반응은 달랐지만 두 번째 반응은 같다. 하나같이 마나심법을 운용하는 자세가 된 것이다.

이들에게 흘러든 마나는 켈레모라니의 비늘 속에 담긴 정제된 순수 마나이다. 공간을 통해 전해졌지만 순수함이 더럽혀진 것은 아니다.

"오오! 오오오!"

누군가는 체내로 스며든 마나가 본신에 쌓여 있는 마나들을 정제하는 걸 느끼는 모양이다.

법열(法悅)이라는 말이 있다. 사전적 의미로는 '참된 이치를 깨달았을 때 느끼는 황홀한 기쁨'이다.

불교에선 이를 설법을 듣고 진리를 깨달아 마음속에서 일어나는 기쁨이라 한다. 비슷한 말로 법희(法喜)가 있다.

마법사들은 현수에게 단 한 마디도 마법에 관한 가르침을 받지 못했다. 그럼에도 마치 이치를 깨달은 것처럼 희열에 찬 탄성을 내는 이가 있다.

실제로 그간 모르던 이치를 깨달은 자가 있기 때문이다.

"다음에 또 보세. 텔레포트!"

샤르르르릉─!

현수의 신형이 안개처럼 흩어지자 모두들 자리에서 일어나 공손히 예를 갖춘다. 그런데 그러지 않는 자가 셋이나 있다. 이를 본 마법사들이 감탄사를 터뜨린다.

"아아! 과연 로드이십니다!"

"단 한 말씀도 안 하셨는데 깨달음을 주시다니……."

"로드 중의 로드! 당신은 위저드 로드가 아니라 위저드 갓이십니다."

마법사들은 현수가 서 있던 자리를 향해 다시 한 번 정중히 허리를 꺾는다.

이 중 90° 이하로 꺾는 자는 하나도 없다. 거의 모두 135°의 예를 갖추고 있다.

* * *

"오랜만이네."

"누구……? 앗! 마, 마, 마탑주님!"

자신의 집무실에서 전표 확인을 하고 있던 케이상단의 알론 지부장은 후다닥 자리에서 일어선다.

"어, 어서 오십시오! 정말 오랜만이십니다, 마탑주님!"

"그래, 몇 년 새 자네 신수가 아주 훤해졌군."

"네, 모두 마탑주님 덕분입니다."

실제로 알론은 현수의 덕을 많이 보았다.

전임 지부장 말링코가 본점으로 간 후 이곳 지부장이 된 것도 현수를 모셨다는 이유 때문이다.

"쉐리엔이 필요해서 왔네. 모아놓을 것 있나?"

"그, 그럼요! 비용은 조금 들었지만 매년 최선을 다해 수확했습니다."

"그래, 얼마나 되는가?"

"상당히 많습니다. 직접 보시는 게 좋을 겁니다."

알론의 안내를 받아간 곳의 입구엔 팻말 하나가 세워져 있다.

《쉐리엔 보관소》

누구든 허락 없이 이곳에 침입할 경우 이실리프 마탑주님의 분노를 살 수 있음을 경고합니다.

— 케이상단 테리안 지부장 알론 백

현수가 보기엔 그리 위협적이지 않지만 다른 사람들이 보기엔 이 세상에서 가장 무서운 경고이다.

현수는 위저드 로드이자 그랜드 마스터이다.

현수의 분노를 산다 함은 세상 모든 마법사와 기사를 적으로 두겠다는 뜻이다. 누가 감히 이를 감당해 내겠는가!

이 팻말을 걸기 전에는 이곳에 귀중품이라도 있나 싶어 좀도둑들이 수시로 드나들었다. 따로 경계 근무자를 두지 않았으니 당연한 일이다.

그런데 이 팻말이 떡하니 걸린 날 이후 이곳을 찾는 좀도둑은 하나도 없다. 현수의 분노가 두려운 것이다.

실제로는 아무 쓸모도 없는 쉐리엔만 잔뜩 쌓여 있기 때문이기도 하다.

"흐음! 제법 크군."

"그럼요. 마탑주님께서 명을 내리셨는데 당연히 이 정도는 모아드려야죠."

결론부터 이야기하면 케이상단의 창고 역시 공간 확장 마법과 보존 마법이 걸려 있다. 알베제 마을의 마법사들이 이곳까지 와서 수고해 준 결과이다.

현수가 이곳에서 아공간에 담은 건 120,000㎥를 상회한다. 40피트 컨테이너 1,800대 분량이다.

케이상단의 알론이 3년이 넘도록 오지도 않는 현수를 위해 쉐리엔을 채취한 이유는 일전의 일이 있었기 때문이다.

만드라고라를 최대한 확보해 달라고 한 현수는 예상보다 늦게 왔다. 그때 부른 것보다 더 많은 금액을 지불해서 큰 이득을 보았다.

그리고 볼펜을 팔 수 있도록 해줬다. 모나미 153볼펜 12,000자루를 준 것이다.

현수는 하나당 최소 1실버는 받을 것이라 예상했다.

한국 돈으로 치면 10만 원이다. 문방구에서 자루 당 600원 정도에 팔리니 160배 이상의 폭리이다.

하지만 이건 현수의 생각이다.

볼펜을 보고 있던 알론은 세트 판매를 고려했다.

장부를 기록하다 보면 검정색만으론 부족할 때가 있다.

이익은 검정색, 손해는 붉은색이나 파란색으로 기록하면 훨씬 보기에 편할 것이다.

특기할 만한 사항은 나머지 색으로 기록하면 된다. 늘 장부를 끼고 살기에 단숨에 색깔의 효용성을 깨달은 것이다.

아무튼 검정, 파랑, 빨강 한 세트를 1골드에 팔았다. 550배 이상의 폭리를 취한 것이다.

세상에 없던 필기구인데다 물량까지 한정되어 있다 하니 귀족가 행정관들이 앞다퉈 사갔다.

볼펜심 하나의 소매가격은 150~200원 수준이다. 알론은 이를 1실버에 팔았다. 500~660배 폭리이다.

그 결과 5,400골드를 벌었다. 한국 돈으로 54억 원이다.

당시의 현수는 볼펜을 팔아 쉐리엔 채집 비용으로 쓰라고 했다. 시킨 대로 일꾼들을 사서 쉐리엔 채집에 나섰다. 일당을 지급해 보니 10톤당 1골드 정도가 들었다.

오늘 120,000㎥의 쉐리엔을 납품했다. 2㎥당 1톤 정도 되니 16,000톤 정도를 더 수확해 놓은 것이다.

"내가 얼마를 더 지불하면 되는가?"

"네? 그게……."

알론은 돈을 달라는 소리가 나오지 않는다. 하늘같은 마탑주 덕분에 이 위치에 올랐다는 걸 알기 때문이다.

"말하지 않으면 추가 상품은 없네."

"네? 아, 아닙니다. 1,600골드만 더 주시면 됩니다."

"…그럼 남는 게 없지 않나?"

"어, 어떻게 제가 감히……. 괜찮습니다."

현수는 바보가 아니다. 알론의 심사를 짐작한 것이다. 다만 얼마나 비용이 들었는지는 모른다.

"아공간 오픈!"

먼저 모나미 153 볼펜 검정, 파랑, 빨강을 각각 3,600자루씩 꺼냈다.

알론은 맛있는 음식을 바라보는 눈길로 이를 보고 있다.

다음으로 꺼낸 건 플러스 펜이다. 이것은 각각 2,400자루씩이다. 네임 펜은 1,200자루씩 꺼냈다.

알론의 입이 딱 벌어진다. 한눈에 보기에도 범상치 않아 보인 때문이다. 이때 뇌리를 스치는 상념이 있다.

'대체 어떻게 해서 이렇게 똑같은 물건을 만들어낼 수 있지? 드워프도 못하는 일인데 정말 대단하시다.'

마탑주라 가능하다 생각하고 있는 것이다.

"이건 종이이네."

현수가 꺼낸 건 A4용지 500박스이다.

이 중 하나를 열고 종이 한 장을 꺼냈다. 알론은 눈을 크게 뜬다. 새하얀 종이에 티 한 점 박혀 있지 않기 때문이다.

현수는 수성인 플러스 펜과 유성인 네임 펜에 대해 설명해 줬다. 알론은 고개를 끄덕이면서도 현수를 바라본다.

이런 건 대체 어디서 어떻게 만드느냐는 의미일 것이다.

"이건 자네에게 주는 내 선물이네."

현수는 먼저 꺼낸 모나미 153 볼펜 10,800자루를 알론의 앞으로 밀어놓았다.

"이, 이 많은 걸 전부요?"

검정, 파랑, 빨강 한 세트의 정가는 1골드이다. 그렇다면 방금 3,600골드를 선물로 받은 것이다.

지구로 치면 36억 원짜리 선물이다.

당연히 입이 딱 벌어진다. 그러거나 말거나 현수는 고개를 끄덕인다.

"그간 애쓴 것도 있고 해서 특별히 주는 것이네. 그리고 이건 오늘 받은 것에 대한 잔금이네."

이번에 내민 건 플러스 펜이다.

모나미 153에 비해 필기 감이 좋으니 세트당 1골드 50실버는 충분히 받을 수 있을 것이다.

따라서 3,600골드를 잔금으로 준 것이다. 이 중 1,600골드가 부족했으니 케이상단이 번 건 2,000골드이다.

아주 만족할 만한 거래라 할 수 있다.

"이건 팔아서 쉐리엔 채취 비용으로 하게."

네임 펜 1,200세트와 A4용지 500박스이다.

네임 펜은 한번 쓰면 지워지지 않는다 하니 플러스 펜보다는 더 받을 생각이다. 세트당 2골드면 2,400골드가 된다.

문제는 A4용지이다. 값을 가늠할 수 없다.

한 박스당 2,500장씩 담겨 있다. 장당 2쿠퍼를 받으면 박스당 50실버이다. 이런 게 500박스이니 250골드이다.

5쿠퍼이면 625골드에 해당된다.

일단 2,650~3,025골드를 선금으로 받은 셈이다. 성실히 쉐리엔은 채집해 놓으면 또 상당한 이득을 줄 것이다.

그렇기에 알론은 얼른 자리에서 일어나 허리를 접는다.

"마탑주님의 하해와 같은 은혜를 어찌 감당할지 모르겠습니다. 늘 고맙고, 또 고맙습니다."

"아냐. 내가 더 고맙지. 그동안 쉐리엔을 채취하고 보관하느라 애 많이 썼네. 참, 그간 애써준 인부들에게도 약간의 인사를 하고 싶은데 자네가 전해주겠나?"

"네? 그게 무슨……? 인부들에겐 이미 일당을……."

알론의 말이 이어지기도 전에 현수는 아공간에서 구충제를 꺼냈다. 위생이 좋지 않은 곳이라 회충, 촌충, 십이지장충, 요충 등으로 고생하는 사람이 많음을 알기에 꺼낸 것이다.

"이건 구충제라 하는 것이네. 이렇게 해서……."

껍질을 벗겨 복약하는 방법을 알려주었다. 아울러 그 효능도 가르쳐 주었다.

알론은 세상에 이런 것도 있느냐는 표정으로 바라본다.

어린아이들이 똥을 싸면 때론 벌레 비슷한 것이 보인다는 걸 알기 때문이다.

현수는 알론과 더불어 선술집으로 향했다. 이런저런 대화를 하며 세실리아 여관으로 향했다. 식사할 시간도 되었고 알론과 더불어 술 한잔 마시고자 함이다.

끼이익—!

와글와글!

주점의 문을 여니 아직 해도 안 떨어졌는데 불콰하게 취한 자들이 소란스럽게 떠들고 있다. 복장을 보아하니 임무를 마치고 갓 복귀한 용병단인 모양이다.

그간의 노고에 대한 돈을 받고 한잔 걸치는 중이다.

"여어, 이게 누구신가? 고매하신 케이상단 알론 씨께서 여긴 어쩐 일로 행차하셨소?"

말투에 약간은 어쭙잖다는 기색이 어려 있지만 알론은 대꾸하지 않고 빈 테이블을 찾았다.

"어허! 이거 왜 이러시나? 오랜만에 봤으면 아는 척이라도 해야지. 우리가 뭐 모르는 사이인가?"

시선을 들어보니 30대 후반이다. 알론과 비슷한 나이로 보이는 이 사내는 거친 용병 생활이 몸에 밴 듯하다.

"톰슨, 나는 지금 귀한 손님과 식사를 하러 왔네. 나중에 이야기하게."

"오호! 중요한 손님? 나 같은 용병 나부랭이는 감히 비교도 못할 만큼 귀한 손님이니까 아가리 닥치고 찌그러져 있으라는 이야기인가?"

이번엔 적나라하게 비아냥거린다.

"톰슨, 정말 귀한 손님이니 나중에 이야기하세."

알론은 현수에게 시선을 주며 죄송하다는 표정을 짓는다. 이에 현수는 개의치 말라는 뜻으로 슬쩍 웃어주었는데 톰슨이 이를 본 모양이다.

"뭐여? 둘이 사귀어? 이봐, 알론. 설마 이 반반한……."

"어허! 입 닥치지 못할까? 어디서 감히!"

알론이 벌떡 일어서며 버럭 소리를 지르자 선술집 주객들의 시선이 쏠린다.

"어이, 톰슨, 왜 그래?"

"다들 알지? 케이상단의 알론 말이야. 지부장이 되기 전에는 아주 상냥하고 싹싹했는데 그 후론 싸가지가 왕창 없어진 알론 말이네."

톰슨의 말에 일부만 고개를 끄덕이고 대부분은 고개를 갸웃거린다. 알론이 싸가지가 없다는 말에 동의 못하는 것이다.

그러거나 말거나 톰슨의 말이 이어진다.

"내가 오랜만이라고 했더니 여기 있는 이 애송이와 한바탕 즐기러 가려다 걸렸는지 소리를 지른 것이네."

"어이! 톰슨, 알론이 남색을 즐기던 뭐 하던 그게 자네하고 무슨 상관인 거야?"

"그러게. 너하곤 상관없잖아."

"아니, 상관이 있지. 내가 젊잖게 인사를 했는데 안 받아주

잖아? 한마디로 싸가지가 없어져서 그런 거네. 안 그런가? 그렇게 생각 안 해?"

톰슨의 유들유들한 말이 끝나기가 무섭게 알론이 성난 표정으로 소리친다.

"톰슨, 너 뒈지고 싶어?"

"뭐라고? 하하, 하하하! 오래 살다 보니 별말을 다 듣네. 상단 지부장 주제에 감히 B급 용병인 내게……. 좋아, 덤벼! 아주 작살을 내줄 테니! 그리고 너, 너는 옆에 찌그러져 있어! 돈 몇 푼에 엉덩이나 파는 주제에 까불지 말고!"

"뭐, 뭐라고? 이런 미친……!"

알론은 도저히 참을 수 없다는 듯 앞으로 튀어 나가려 한다. 톰슨과 싸우면 진다는 걸 알지만 감히 하늘같은 마탑주를 남색의 상대로 여긴 걸 용서할 수 없기 때문이다.

용병들은 기다렸다는 듯 테이블을 옮겨 자리를 비운다. 불구경과 싸움 구경이 제일 재미있는 구경이다.

돈도 안 내고 누구 하나 언어터지는 삼삼한 구경을 하게 되었으니 얼씨구나 하면서 홀의 중앙을 비운 것이다.

톰슨은 기다렸다는 듯 한쪽 자리를 차지하고 알론을 향하여 손가락 끝을 까딱거린다. 용기가 있으면 덤비라는 뜻이다.

그러면서 시선은 현수에게 준다.

"어이, 애송이, 방금 경고한 대로 너는 찌그러져 있어라.

조금이라도 움직이면 너도 흠씬 얻어터진다. 알았나?"

"저런 미친……!"

분기탱천한 알론이 소매를 걷고 앞으로 튀어 나가려는 순간이다.

"아니, 다들 왜 이래요? 여기가 무슨 싸움장인 줄 알아요? 싸우려면 나가서 싸우지 하필이면 왜……?"

웬 여인의 고함에 사람들의 시선이 쏠린다.

세실리아 주점의 열린 문 사이엔 귀족가 여인 하나가 쌍심지를 돋우고 서 있다. 그리고 그녀의 뒤에는 기사 두 명과 열 명의 병사들이 도열해 있다.

"앗! 세, 세실리아 백작부인이다!"

"뭐야? 어라? 정말이네."

용병들은 일제히 자리에서 일어난다. 그리곤 쓰고 있던 모자를 벗으며 고개를 숙인다.

"올테른의 '세상에서 제일 멋진 사나이 용병단' 일동이 백작부인께 인사드립니다."

올테른에서 가장 헤론 찜을 맛있게 하는 세실리아 여관집 딸 세실리아가 맞다.

이전 같으면 농담을 지껄이겠지만 이젠 그럴 수 없다.

2년 전 세실리아는 인근 백작령으로 시집을 갔다.

평민임에도 미모가 빼어나고 몸에서는 은은한 향기가 나

는 여인이라는 소문이 번진 결과이다.

백작가 차남과 혼인하면서 올테른을 떠난 세실리아는 불과 1년 만에 백작부인이 되었다. 시아버지와 시아주버니가 몬스터 토벌에 나섰다가 목숨을 잃은 결과이다.

그리고 백작가의 다음 대를 이어갈 아들을 낳아서 일약 신분이 상승된 것이다.

"왜 여기서 싸움을 하지? 분명 우리 여관 내에서는 싸우지 말라는 팻말을 걸어놨을 텐데."

세실리아가 손으로 가리킨 곳에는 다음과 같은 내용이 쓰인 팻말이 걸려 있다.

실내에선 절대 싸우지 말 것.

집기가 파손될 경우 원상 복구비는 물론이고 그로 인한 영업 손실까지 배상하게 될 것임.

— 세실리아 토리안 드 말로.

어린 시절부터 술 취한 자들의 싸움질을 이골이 나도록 본 세실리아이기에 이런 팻말을 걸어둔 것이다.

세상에서 가장 멋진 사나이 용병단원들은 팻말을 보며 머리를 긁적거린다. 할 말이 없다는 뜻이다.

이때 세실리아는 빈 공간에 서 있는 톰슨과 알론에게 시선을 주고 있다. 누가 봐도 상대가 안 될 싸움이다.

톰슨은 거구이고 알론은 약질이다. 왜 이런 무모한 대결을 펼치려나 싶어 둘러보던 중 하인스와 시선이 마주친다.

"어머낫! 세, 세상에! 하, 하인스 마탑주님 아니세요?"

세실리아는 백작부인이라는 걸 잊었는지 현수에게 쪼르르 달려와 공손히 고개를 숙인다.

테리안 왕국의 백작이 대단하기는 하지만 어찌 이실리프 마탑주와 비교한단 말인가!

세실리아의 뒤쪽에 있던 두 명의 기사도 얼른 달려와 군례를 올린다.

세실리아는 결혼한 후 시아버지와 남편에게 하인스와의 인연에 대해 여러 번 이야기했다.

마법사의 하늘인 하인스 마탑주가 손거울과 빗, 그리고 머리핀과 향수를 하사한 이야기다.

뿐만 아니라 페퍼민트, 라벤더, 그리고 아세로라 향이 나는 비누와 여러 벌의 귀한 원피스도 주었다.

백작과 시아주버니, 그리고 남편은 이것들을 본 후 세실리아를 더욱 아꼈다. 가문의 영광으로 여긴 것이다.

이 이야긴 소문이 되어 번졌다.

그 결과 호시탐탐 말로 백작령을 탐내던 이웃의 후작령으로부터 선물이 왔다. 그간의 불협화음은 잊어달라는 의미에서 보내는 결혼 축하 예물이었다.

자식이 평민과 결혼하여 가문의 부(富)가 늘어나지 않음을 마땅치 않게 여기던 시아버지의 입이 딱 벌어질 만큼 대단한 예물이었다.

어쨌거나 세실리아가 이실리프 마탑주와 관련이 있다는 소문은 테리안 왕국 곳곳으로 번져갔다.

그 결과 기울어가던 가세가 단번에 일어섰다. 여러모로 현수의 덕을 본 것이다.

쿵, 쿵―!

"말론 영지의 기사 스테판이 위대하신 그랜드 마스터님을 알현하옵니다."

"말론 영지의 기사 로레임이 검의 하늘을 뵙습니다. 정말이지 일생의 광영이옵니다."

두 기사가 한쪽 무릎을 꿇고 오른 주먹으로 왼 가슴을 강하게 두드리며 정중히 고개를 숙이는 모습을 본 톰슨은 넋이 나가 버렸다.

하늘보다도 높은 이실리프 마탑주를 보고 애송이라는 표현을 한 것만으로도 죽을죄를 지은 것인데 알론의 남색 상대라고까지 했다.

"으으! 으으으!"

쿵―!

오금에서 힘이 빠지는지 저도 모르게 두 무릎을 꿇는다.

"주, 죽을죄를 지었습니다! 허어엉!"

톰슨은 사람 보는 눈이 없는 자신의 눈알을 파내고 싶었다. 어떻게 하늘보다도 높은 분에게 그런 말을 했을까 하는 후회가 막급하다.

"세실리아, 오랜만이야. 잘 지냈어?"

"네, 그럼요! 마탑주님 덕분에 저 백작부인이 되었어요."

환히 웃는 세실리아는 아주 예뻤다. 그리고 순수하게 반가움만 어려 있는 순박한 미소이다.

"잘 지낸다니 다행이네. 알론과 한잔하러 왔는데 여긴 조금 시끄럽군. 전에 내가 쓴 그 특실 아직도 괜찮은가?"

"그럼요! 저의 여관은 늘 청결하답니다. 제가 모실게요."

세실리아는 예전 여급이던 그 시절처럼 안내하려는 모양이다. 어찌 그렇게 되도록 놔두겠는가!

"아냐. 어딘지 아는데. 알론과 한잔할 테니 헤론 찜 2인분과 슬럼주 두 병 부탁해."

"네, 알겠습니다. 특별히 아주 푸짐하고 맛있게 만들어달라고 할게요. 호호호!"

"참, 여긴 선불이지? 얼마야?"

"네? 아, 아니에요. 어떻게 감히 마탑주님에게……. 저희 여관에 와주신 것만으로도 영광이니 특별히 무료로 서비스해

드릴게요."

"정말?"

현수는 짐짓 눈을 크게 떴다.

"대신 저기 저 팻말 아래에 마탑주님 이름을 한 번만 써주시면 안 될까요? 제가 여기 없으니까 자주 싸워서 테이블이 망가진다고 아빠가 걱정이거든요."

현수는 싸움 금지 팻말을 보고 피식 웃었다. 그리곤 손을 내밀어 허공을 휘저었다.

눈에 보이지 않는 검기가 뿜어지자 팻말의 글귀가 바뀐다.

실내에선 절대 싸우지 말 것.

누구든 이 경고를 무시하는 자는 이실리프 마탑의 응징을 받을 것이다.

— 제2대 마탑주 하인스 멀린 킴 드 셰울.

# CHAPTER 13
## 리수스 협곡에서

"……!"

용병들은 팻말이 글귀가 바뀌는 현장을 목도하곤 입을 딱 벌린다. 허공을 격하고 이러한 기현상을 빚어낼 수 있다는 건 들어본 적도 없기 때문이다.

마탑주가 직접 팻말의 글귀를 바뀌게 한 것은 이제 곧 소문이 날 것이다.

하여 수많은 구경꾼이 몰려들어 세실리아 여관은 문전성시를 이루게 된다. 그렇게 많은 사람이 드나듦에도 결코 싸움은 벌어지지 않는다.

손님 대부분이 마법사 아니면 기사이기 때문이다. 하긴 자신들의 하늘이 직접 내린 명령이다. 어찌 어기겠는가!

늘 헤론 찜과 슬럼주만 마시고 얌전히 돌아간다.

무식하고 거친 용병들도 헤론 찜을 먹으러 수없이 드나들지만 어느 누구도 경거망동을 못한다.

마법사와 기사들이 함께하고 있음을 자각하기 때문이다.

"어머! 고마워요. 호호, 호호호!"

세실리아의 웃음소리가 주점 내부로 번져나갔지만 용병들은 꼼짝도 하지 않는다.

그러던 어느 순간이다.

쿠쿵! 쿠쿠쿠쿠쿠쿠쿠쿵—!

"검의 하늘을 뵙습니다!"

"마법사의 하늘을 알현하옵니다!"

세상에서 가장 멋진 사나이 용병단원 전부는 불콰했던 취기가 단숨에 사라지는 신기한 경험을 하며 전율에 떨었다.

국왕과 황제들, 그리고 마탑주들조차 뵙기 힘든 존재를 두 눈에 담았음이 너무도 영광스러운 것이다.

"모두 일어서라."

"존명!"

일제히 자리에서 일어서자 현수의 말이 이어진다.

"다들 아까처럼 즐기게. 단, 이곳에서 싸움은 안 되네. 알겠는가?"

"물론이옵니다."

"당연하신 말씀이옵니다. 절대 싸우지 않겠습니다."

"톰슨 자네는?"

"네? 저, 저, 저는……."

"알론과 싸울 건가?"

"아, 아닙니다. 소인이 어찌……. 알론 지부장, 미안하네. 내가 눈이 삐었어. 내 실수였네. 용서해 주시게."

톰슨은 필사적으로 입을 놀렸다. 알론의 입에서 다른 소리가 나오면 꼼짝없이 죽을 수 있음을 알기 때문이다.

"나중에 술이나 한잔 사게."

"고, 고맙네! 여, 열 번이라도 사겠네!"

톰슨은 지옥의 문 앞에서 구함을 받았음을 깨닫고 열심히 고개를 끄덕인다.

한바탕의 해프닝을 끝으로 현수는 하루에 10실버를 내야 하는 세실리아 여관 특실로 들어섰다.

잠시 후, 푸짐한 헤론 찜과 슬럼주가 들어온다.

문득 이곳에 처음 도착했을 때가 떠오른다.

그때는 깊은 겨울이었다. 그리고 아르센 대륙에 와서 처음으로 입맛에 맞는 음식을 먹었다.

쪼르르르!

술잔을 채우고 단숨에 들이켰다. 딸기같이 생긴 슬론으로 만든 이 술은 포도주 맛이다.

"크흐음! 맛이 괜찮군."

그냥 하는 말이 아니다. 정말 맛이 괜찮았다.

현수는 알론과 이런저런 이야기를 하며 저녁을 즐겼다.

오늘의 일로 케이상단은 더욱 발전하게 될 것이다.

마탑주와 독대하는 것만으로도 영광인데 식사까지 하는 사이라는 게 알려지면 어느 누구도 함부로 대하지 못할 것이기 때문이다.

* * *

"라세안! 라세안! 이곳에 있는가?"

마나에 의지를 실어 멀리멀리 퍼뜨려 보았다. 한참 동안 무반응이다.

그러던 어느 순간 허공에서 빛 덩어리가 생성된다.

파아앗—!

"하, 하인스!"

"라세안, 오랜만이네."

"이 친구야, 대체 어찌 된 일인가?"

라세안은 어디 다친 데는 없는지 살펴본다. 진심으로 걱정해 주었음이 느껴진다.

"다프네는?"

"그 아인 잘 있어. 그나저나 어찌 된 일이야?"

"다프네에게서 이야길 들었나?"

"그래, 9서클 마스터들이 우글거린다며."

라세안은 드래곤으로서 약간 쪽팔린다는 느낌이다. 마법은 8서클 마스터 수준이고 검은 소드 마스터 수준이다.

둘 다 궁극에서 한 수 아래의 수준이다.

그런데 저쪽엔 한쪽의 끝을 이룬 놈이 많다고 한다. 다프네가 뭘 잘못 알고 과장한 것이라 생각했다.

하지만 확인할 것은 해야 한다. 하여 물은 것이다.

"그래, 자네 말대로 9서클 마스터들이 우글거리더군. 130명이 넘었어."

"세상에, 맙소사!"

라세안은 우려가 현실이라는 말에 입을 딱 벌린다.

다프네에게서 들은 마인트 대륙의 이야기를 드래곤 로드에게 한 바 있다. 그때 옥시온케리안은 다프네가 뭘 몰라서 한 이야기로 판단했다.

인간의 수명은 길어야 100년이다.

현수야 타 대륙에서 왔고 스승이 특이한 존재이니 예외로 치지만 이곳 인간들은 9서클 마스터에 오르는 게 쉽지 않다.

옥시온케리안의 계산에 의하면 10억 명당 하나이다. 실제로 멀린이 살아 있을 때 아르센 대륙의 인구가 그러했다.

알려지지 않은 마인트 대륙에 얼마나 많은 인구가 있는지 몰라도 100명을 상회하는 9서클 마스터는 말이 안 된다.

이게 합당하려면 마인트 대륙엔 1,000억 명이 넘는 인구가 있어야 한다. 그런데 그럴 것 같지 않다.

그렇게 많은 사람이 살 만큼 넓은 대륙은 있을 것 같지 않기 때문이다.

라세안도 로드의 의견에 동참했다. 지극히 상식적이며 합당한 의견이기 때문이다.

그런데 실제로 그렇다 하니 입이 딱 벌어진 것이다.

"그, 그래서 어찌 되었는데?"

"그러니까 나는 다프네를 찾으려……."

현수의 이야기가 시작되었다. 블랙일 아일랜드로 향하는 동안 크라켄을 잡은 이야기부터 시작되었다.

라세안은 드래곤의 명령을 무시하는 크라켄들이 싫었는데 벼락으로 지져줬다는 말에 통쾌하다는 표정을 짓는다.

마인트 대륙에 상륙한 이후의 이야기는 실로 흥미진진했다. 그러다 대결장에서 다프네를 본 이야기를 했다.

"이런 나쁜 놈들! 감히 내 딸을……!"

으드득!

드래곤이 어금니까지 간다. 눈에 보이면 가루로 내버릴 정도로 분노한 것이다.

"그래서 나는 남작위만 따려던 계획을 바꿔……."

블링크와 아공간 마법만으로 9서클 마스터를 제압한 이야기를 들은 라세안은 무릎을 치며 크게 웃는다.

"기발해! 정말 기발해! 자네는 하여간……."

온갖 신기한 물건을 가진 인간이다. 그런데 하는 짓마저 신기하니 저절로 감탄사가 터져 나오는 모양이다.

모든 대결에서 승리를 취하여 공작이 된 다음 가장 먼저 다프네를 상으로 골랐다는 말에 라세안이 미소 짓는다.

자신의 딸을 아껴주는데 어찌 싫겠는가!

"그래서 그다음은?"

"삼 일째 되던 날 작위식이 거행되어 공작이 되었지. 그리고 다프네를 상으로 골랐지. 다음엔 성대한 파티가 열렸는데 그때 갑자기 음악이 끊기더군. 그래서……."

진짜 핫산 브리프의 시신이 발견되어 수도로 이송 중이라면서 신분을 물은 이야기를 했다.

그리곤 9서클 마스터 136명과 8서클 마스터 이상인 후작 300명에게 둘러싸인 이야기를 했다.

라세안은 자신이라면 어땠을까 생각해 보았다. 화염의 브레스를 뿜어 몇몇을 죽일 수 있었을지도 모른다.

그리곤 자신도 놈들에게 당했을 것이다. 9서클 마스터가 너무나 많은 때문이다.

놈들 중 상당수는 마인트 대륙의 드래곤을 말살시키고 얻은 드래곤 하트의 마나를 자신의 것으로 만들었을 것이다.

그런 놈들을 어찌 감당한단 말인가!

생각만 해도 등골이 오싹하고 소름이 돋는다.

그러거나 말거나 현수의 이야기는 이어진다. 자신이 창안한 멀티 스터리지 마법으로 9서클 마스터들을 아공간에 담았다는 말에 또 한 번 감탄사를 터뜨리지 않을 수 없다.

방심한 적의 허를 찌른 기발하면서도 어이없는 대처이기 때문이다.

"그러다 놈들이 물러서더군. 그리곤 데스 나이트들이 등장했어. 살아 있을 때 최하 소드 마스터였더군."

"그거야 자네가 그랜드 마스터이니……. 아, 그게 아니군."

데스 나이트는 베어도 죽지 않는다. 그랜드 마스터가 아니라 그 누구라도 검으로는 데스 나이트를 상대하는 것이 쉽지 않다. 그렇기에 하던 말을 끊은 것이다.

"놈들은 별거 아니었네. 검으로 휩쓸었더니 단번에 소멸되더군."

"데스 나이트가 소멸돼?"

"그렇다네. 소멸되었네. 그러자 리치들을 투입하더군. 모두 아홉이었어. 9서클 마스터의 끝에 이른 놈들이었지."

라세안은 놀랍다는 표정을 감추지 못했다.

그냥 9서클 마스터도 상대하기 어려운데 아무리 죽여도 죽지 않는 리치라면 어떻겠는가!

하여 얼른 물어본다.

"리치라면… 라이프 베슬을 깨지 않으면 끝없이 리스폰되는 존재잖아."

"그래서 무척 애를 먹었지. 놈들을 제압하느라 마나의 절반을 소모했네."

"어, 어떻게 놈들을 제압했나? 라이프 베슬을 깬 거야?"

"아니. 놈들의 라이프 베슬은 어디에 있는지 모르네. 하여 내가 창안한 다이아몬드 마법을 썼지."

"다이아몬드 마법?"

"응. 그 마법은 내가 놈들을 어찌 상대할까 하던 중 창안한 마법인데, 순간적으로 사방에서 압력을 가해……."

잠시 다이아몬드 마법에 관한 설명이 이어졌다. 라세안은 새로운 마법을 창안해 냈다는 말에 입을 딱 벌리고 있다.

정말 어려운 일이라는 걸 잘 알기 때문이다.

"그, 그래서?"

"놈들을 콩알만 하게 압축했지. 그리곤 내가 가진 강철 통 속에 넣어서 아공간에 담았네."

말은 이렇게 했지만 현수가 언급한 강철 통은 소켓렌치이다. 볼트를 풀거나 죌 때 사용하는 공구 중 하나이다.

이것의 구멍 속에 콩알만 하게 줄어든 리치를 끼워 넣은 것이다.

다이아몬드 마법이 해제되려면 전방위에 걸린 압축이 동시에 풀려야 한다. 어느 한쪽부터 풀리게 되면 압력이 그쪽으로 쏠려 터지게 된다.

따라서 소켓렌치 안에 들어간 리치들은 누군가 빼주기 전엔 라이트 베슬이 있어도 결코 제 형상을 갖출 수 없다.

"대단해! 정말 대단해! 어떻게 리치를… 그것도 아홉이나……. 역시 자네는 대단해!"

라세안은 진심으로 탄복했다.

현수는 아공간에 담긴 소켓렌치를 꺼내 라세안에게 보여주었다. 단번에 사기(邪氣)를 느끼는 모양이다.

"이런 사악한 놈들!"

라세안이 이맛살을 찌푸리는 동안 현수는 아공간에서 Anaper Wax를 꺼냈다.

치과에서 주로 사용하는 이것은 '휴비트' 라는 회사에서 만든 것으로 구강 내 장치에 의해 환자가 고통을 느낄 때 쓰는 것이다. 고품질 실리콘으로 제조한 이것은 투명하고 점도가 좋아 치아 교정 시 많이 사용된다.

현수는 적정량을 떼어내어 이를 뭉친 뒤 소켓렌치의 입구를 막았다. 일부러 빼지 않는 이상 빠지지 않게 한 것이다.

아홉 개의 소켓렌치 모두 같은 조치를 받고, 자그마한 상자에 담긴 뒤 아공간 속으로 사라졌다.

영원히 꺼내지지 않을 마물이다.

"리치들을 제압하자 다시 덤벼들더군."

"그래서?"

"꼬박 하루 동안 놈들과 대결했지. 공수를 전환하다 놈들의 반격을 받았네. 나는 앱솔루트 배리어로 그것을 막으려 했지만 구현되지 않았어."

"왜?"

라세안은 의아하다는 표정이다. 7서클 이상이면 마법이 구현되지 않는 일이 없기 때문이다.

"그걸 구현시킬 만큼의 마나조차 남아 있지 않았던 거야."

"아아! 그, 그래서?"

"놈들의 공격이 내 몸을 두들겼네. 엄청난 고통이 엄습했지. 그 순간 나는 기절했네."

"기절? 그, 그런데?"

기절을 했다 함은 반격의 의지를 가질 수 없었음을 의미한다. 그렇다면 놈들에게 생포되어야 한다.

일이 그리 진행되었으면 이 자리에 있을 수도 없다. 하여 라세안은 의아한 표정을 짓는다.

"깨어나 보니 스승님의 레어에 있더군."

"스승님? 멀린 말인가?"

"그래, 스승님의 레어에서 깨어났어. 그런데 시간이 엄청나게 흘렀더군."

"어, 얼마나?"

"나중에 확인해 보니 2년 8개월 하고 21일이나 그곳에서 혼수상태로 있었어."

"혼수상태라면 먹지도 못했는데 어떻게 살아 있지?"

지극히 상식적인 의문이다. 현수도 같은 생각을 했다. 그런데 답을 찾아내지 못 했다.

"그건 나도 모르네. 다만 스승님의 안배가 있어서 지금 이 자리에 있을 수 있는 거지."

"아아! 멀린!"

라세안은 현수뿐만 아니라 멀린까지 존경하고 싶은 마음이 든다.

"아무튼 그래서 이곳에 왔네."

"고생이 많으셨네."

라세안은 홀로 수백 명에 이르는 8서클 마스터 이상의 마법사들과 당당하게 대결을 펼친 현수가 우러러 보인다.

그렇기에 저도 모르게 슬쩍 말을 높여준 것이다.

"고생은 무슨……. 다프네는? 이쪽에 잘 왔지?"

"그래, 지금 미판테 왕궁에 있네."

"왕궁에? 다프네가 거긴 왜?"

"자네에게 걸맞은 신부가 되도록 예절교육을 시키는 중이네. 아마 잘하고 있을 것이네."

라세안에 의해 졸지와 왕궁에 남게 된 다프네는 수없이 많은 선생을 만났다.

예절과 교양을 가르치기 위해 온 자들이다. 그런데 배울 게 없다. 이미 다 아는 내용이기 때문이다.

미판테 국왕은 이미 완벽한 다프네에게 무엇을 더 가르칠 것인가에 대해 심각하게 고민했다.

그 결과는 음악과 미술이다.

그림을 그려보도록 했고, 악기를 다루도록 권했다. 그런데 드래고니안이라 그런지 정말 재능이 뛰어났다.

그림을 그리라고 캔버스와 붓을 주면 실제와 똑같이 그려 냈다. 악기를 연주하라고 하면 가르친 선생보다도 더 감미롭게 선율을 연주해 냈다.

불과 2년 만에 음악과 미술마저 마스터한 것이다.

다음엔 무엇을 가르칠까 싶다. 그러다 생각난 것이 방중술이다. 이실리프 왕국의 왕비가 될 것이니 침대 기술이 필요하다 여긴 것이다.

이걸 맡은 건 왕비와 후궁들이다. 그런데 이건 실습을 할 수 없는 것이다. 하여 이론만 줄기차게 가르쳤다.

두 달이 지나자 더 이상 배울 게 없다.

국왕이 고심하고 있을 때 다프네가 정원을 가꿔보겠다고 나섰다. 그리고 요리도 배워보겠다고 하였다.

현수와 같이 다니는 동안 먹은 음식이 떠올랐기 것이다. 특히 라세안이 질겁하던 똥국을 만들고 싶었다.

그러나 청국장이 없으니 불가능한 일이다. 그럼에도 요즘 주방과 정원을 오가며 살고 있다.

"그나저나 쉐리엔과 만드라고라 채취를 부탁했는데 그건 어찌 되었나?"

"아, 그거? 엄청나게 쌓여 있지. 온 김에 가져가게."

"나야 좋지. 말 나온 김에 가세."

"그전에 로니안 공작에 관한 이야길 좀 하세."

"장인어른? 아직 여기 계신가?"

"그래, 드래고니안 마을에 머물고 있지."

잠시 라세안의 말이 이어졌다.

다프네를 미판테 왕궁에 데려다 놓고 드래고니안 마을로 가보니 분위기가 심상치 않았다.

하여 왜 그런가를 물었더니 출정 준비 중이라 한다.

몬스터 사냥은 수시로 있는 일이지만 그렇지 않은 듯하여 물어보니 한 때의 인간이 라수스 협곡에 발을 들여놓았다고 한다.

라세안은 즉각 누구인지를 확인했다. 감히 자신의 영토에 허락도 받지 않은 발을 들여놓을 죄를 물으려는 것이다.

드래고니안의 안내를 받아 가보니 로니안 공작 일행이 머물고 있는 컨테이너가 보인다.

하여 현수와 관련이 있음을 알아차렸다.

확인해 보니 로니안 공작 일행이 인솔자이고, 마르헨 영지의 영주 다이칸 히킨스 반 마르헨 자작, 후마엔의 영주 헤롯 에드윈 폰 후마엔 자작, 롤리아의 영주 에드워드 지린 드 롤리아 남작이 수행원이다.

이름을 들어보니 셋 다 라수스 협곡과 닿아 있는 영지들이다. 라수스 협곡으로의 통행이 제한된 이후 낙후되어 버린 영지이기도 하다.

로니안 공작은 라세안을 영접하면서 현수가 준 라수스 협곡 통행증을 보여주었다.

라세안을 만날 수가 없어서 허락을 얻지는 못했지만 이걸 보여주면 죽이지는 않을 것이란 말을 들은 때문이다.

현수가 남긴 것을 본 라세안은 통행증의 효력을 인정해 주었다. 드디어 인간의 출입을 허락한 것이다.

두 명의 자작과 한 명의 남작은 라세안에게 허리가 부러지도록 고개를 숙였다. 낙후된 영지가 되살아날 방도가 마련된 때문이다.

이날 이후 라수스 협곡엔 마차가 다닐 만한 길이 뚫리기 시작했다. 세 영지에서 보내온 병사와 영지민뿐만 아니라 드래고니안의 자식들까지 길 닦는 일에 투입되었다.

물론 품삯은 칼같이 지불되었다.

몬스터에 대한 방비 따위는 하지 않았다. 드래고니안이 있으니 감히 다가오지 못하기 때문이다.

길을 따라 들어온 상단 사람들은 드래고니안과 그 자손들을 상대로 장사를 했다.

이곳도 숨통이 트이기 시작한 것이다.

삼 년이 넘는 동안 길을 닦았지만 아직 완전하진 않다.

그러는 동안 로니안 공작 일행은 테세린으로 텔레포트를 했다. 공작위를 받고 너무나 오랜 동안 지체했기 때문이다.

그곳에서의 일이 어느 정도 마무리된 후 로니안 공작 일가는 다시 라수스 협곡으로 되돌아왔다.

이곳에서 하는 일은 공사 감독이다.

라수스 협곡에서 가장 경치가 좋은 곳을 꼽으라면 단연 혼돈의 숲 인근이다. 켈레모라니가 자리 잡았을 정도로 빼어나다.

라세안은 켈레모라니를 존중하는 의미에서 다른 곳에 커다란 성채를 짓도록 했다.

성을 짓는 데 필요한 목재와 석재는 오크들이 조달한다. 드래곤의 명에 따라 노역에 동원된 것이다.

지어지고 있는 성은 하인스와 그의 아내들이 별장으로 쓸 곳이다. 라세안이 현수를 위해 선물을 마련한 것이다.

로니안은 고위 공작으로서, 그리고 세실리아는 공작부인으로서, 마지막으로 로잘린은 실제로 이 성을 이용할 사람으로서 공사 현장에 머물며 진두지휘를 하고 있다.

오크들이 가져온 석재 및 목재는 라수스 협곡의 드워프들이 다듬는다.

라수스는 이들에게 보석과 같은 성을 지어서 바치라는 명을 내렸다. 대가는 향후 500년간 공물 면제이다. 하여 드워프들은 기꺼운 마음으로 아름다운 성을 짓고 있다.

"그래? 지금 어디에 계시는가?"

"가세. 어차피 쉐리엔도 가져가야 하니. 텔레포트!"

말이 떨어지기 무섭게 둘의 신형이 사라진다.

"어머! 자, 자기?"

허공에서 돋아난 두 존재를 보고 있던 로잘린의 눈에 굵은 눈물이 맺힌다.

꿈에도 그리던 사내의 모습이 보인 때문이다.

"너무 오랜만이지? 잘 있었어?"

"흐흑! 네."

로잘린이 달려와 와락 안긴다. 현수는 조용히 등을 토닥여 주었다. 그렇게 한참의 시간이 흘렀다.

어느 정도 진정된 로잘린을 떼어놓은 현수는 로니안 공작 부부를 만나 인사를 했다. 둘 다 죽었다 살아온 자식을 맞이하듯 너무도 반갑게 인사한다.

잠시 후, 현수의 아공간으로 엄청난 양의 쉐리엔이 들어간다. 약 300,000㎥이다. 40피트 컨테이너 4,400개 이상이다.

만드라고라도 4,300뿌리나 채취해 놓았다.

이곳 라수스 협곡뿐만 아니라 바세른 산맥의 몬스터들에게도 협박을 가해 구해놓은 것이다.

"자, 받게."

현수는 부라보콘과 자유시간을 라세안에게 넘겨주었다.

약속한 것보다 훨씬 많은 양을 준 이유는 3년간의 보관료를 포함한 것이다.

"흐흐흐! 흐흐흐흐!"

라세안은 아공간에 담긴 부라보콘을 보고 괴소를 짓는다. 조만간 있을 드래곤 회합 때 한몫 단단히 잡을 것으로 기대된 때문이다.

1년 전, 우연히 그린 드래곤 하나를 만나게 되었다. 용병 차림을 하고 유희 중인 녀석이다.

안면이 있는 사이인지라 술 한잔을 같이했다. 다음 날 아침 라세안은 부라보콘 하나를 핥아 먹고 있었다.

그게 뭐냐고 묻는 말에 어스 대륙 특산품이며 아르센 대륙에선 구할 수 없는 거라고 말했다.

그날 부라보콘 열 개를 팔았다. 그리고 황금 1톤을 받았다. 지구에서 하나에 1,000원쯤에 팔리는 걸 7천만 달러 정도 받은 것이다. 당시 환율로 따지면 840억 원이다.

무려 8,400만 배나 바가지를 씌운 셈이다. 그래도 맛만 좋다며 더 달라고 했지만 거절했다.

본인이 먹을 것도 부족했기 때문이다.

그런데 오늘 다시 아공간이 풍요로워졌다. 하여 라세안의 기분은 몹시 흡족하다.

현수는 모처럼 만난 로잘린과 장인, 장모, 그리고 라세안 등을 위해 요리를 했다.

찐만두와 군만두를 내놓았더니 마파람에 게 눈 감추듯 순식간에 사라진다. 하여 추가로 더 많이 만들어주었다.

모두들 굶고 살았는지 어마어마한 식욕을 보여준다.

로잘린과 세실리아 공작부인은 체면도 잊고 혼자서 4인분씩 먹어치웠다.

간장 찍은 만두의 오묘한 맛을 어찌 이들이 알겠는가!

만두 다음은 피자이다. 뜨거울 텐데도 잘들 먹는다.

냄새 때문인지 일을 하던 사람들이 코를 벌름거리며 다가

온다. 현수는 아예 판을 벌였다.

드래고니안과 그의 후손들, 그리고 세 곳의 영지에서 온 영지민과 병사들도 만두와 피자 맛을 보여주었다.

당연히 환장한다.

물이 필요했는데 물 대신 시원한 맥주를 주었다.

"캬아! 크흐으! 어허, 시원하다! 와아!"

여기저기에서 감탄사가 연발한다. 요리사는 자신이 만든 음식을 맛있게 먹을 때가 가장 기분 좋다고 한다.

현수는 이런 기분을 느끼며 환한 미소를 지었다.

다음 날에도 작업은 계속되었다.

다른 날과 다른 점이 있다면 일하는 모두의 입가에 웃음이 배어 있다는 것이다.

현수는 적당한 장소를 잡아 앱솔루트 배리어를 쳤다. 타임 딜레이는 당연한 일이다. 그 안으로 들어가 마인트 대륙의 흑마법사들을 제압할 10서클 마법 창안에 몰두했다.

그리고 시간이 되면 바깥으로 나와 요리를 해주었다.

아공간 속의 식재료를 아낌없이 사용하여 모두의 입을 즐겁게 해준 것이다.

그렇기에 일꾼들 모두 웃으면서 일을 한다.

그러는 사이에 라세안은 잠시 자리를 비웠다. 사흘 후 되돌아 왔는데 그의 아공간에는 각종 마법서가 담겨 있다.

드래곤들에게 협조 요청을 한 결과이다.

9서클 마스터가 우글거리는 대륙이 있으며, 그곳의 드래곤이 모두 멸종당하면서 드래곤 하트를 빼앗겼다는 말에 모두들 기꺼이 마법서를 내놓은 것이다.

현수와 라세안은 결계 안에서 함께 시간을 보냈다.

그렇게 29일이 지났다.

"흐음, 챙길 건 대강 다 챙긴 건가?"

쉐리엔은 510,000㎥나 쌓여 있다. 40피트짜리 컨테이너 7,600대 이상의 분량이다.

만드라고라는 4,623뿌리나 챙겼다. 디오나니아의 잎사귀와 꽃, 그리고 열매와 수액도 왕창 담았다. 마지막으로 포인세의 잎사귀 역시 어마어마한 분량을 챙겼다.

"일단 지구에 다녀오자."

30일이 지나면 안 되기에 서둘러 귀환하려는 것이다.

『전능의 팔찌』 49권에 계속…